Agota Kristof
Irgendwo

Zu diesem Buch

Eine Frau erklärt dem eilig herbeigerufenen Arzt, daß sie nicht versteht, wie die Axt in den Schädel ihres Gatten gelangen konnte. Die Axt muß neben dem Bett gelegen haben, und er ist hineingefallen. Sie selbst hat gut geschlafen und fühlte sich beim Aufwachen großartig. Als wäre sie eine Last losgeworden. So ist es nun mal, das Leben: gleichzeitig schrecklich und wunderbar. Und der großen Schriftstellerin Agota Kristof ist es gelungen, dies in Worte zu fassen, pointiert, schwarz und messerscharf. »In ›Irgendwo‹ offenbart Agota Kristof wieder ihr ganzes Können. Der Humor ihrer Erzählungen ist so trocken wie das Holz im Sommer und so düster wie ein Regentag. Hier zeigt sich das Dasein in seinen unterschiedlichsten Formen, grausam, ernst und schön.« (Journal du Dimanche)

Agota Kristof, geboren 1935 in Csikvánd in Ungarn, verließ ihre Heimat während der Revolution 1956 und gelangte über Umwege nach Neuchâtel in die französischsprachige Schweiz, wo sie bis heute lebt. Als Arbeiterin in einer Uhrenfabrik erlernte sie die ihr bis dahin fremde Sprache und schrieb  auf französisch ihre erfolgreichen Bücher, die in mehr als zwanzig Sprachen übersetzt wurden, am berühmtesten »Das große Heft«. Sie wurde unter anderem 2001 mit dem angesehenen Gottfried-Keller-Preis und 2006 für »Die Analphabetin« mit dem Preis der SWR-Bestenliste ausgezeichnet. Zuletzt erschien von ihr auf deutsch »Irgendwo«.

Agota Kristof
Irgendwo

Nouvelles

Aus dem Französischen von
Carina von Enzenberg

Piper München Zürich

Mehr über unsere Autoren und Bücher:
www.piper.de

Von Agota Kristof liegen bei Piper im Taschenbuch vor:
Das große Heft
Der Beweis
Die dritte Lüge
Gestern
Die Analphabetin
Irgendwo

Ungekürzte Taschenbuchausgabe
Juni 2008
© 2005 Editions du Seuil, Paris
Titel der französischen Originalausgabe:
»C'est égal«
© der deutschsprachigen Ausgabe:
2007 Piper Verlag GmbH, München
Umschlag: Büro Hamburg. Anja Grimm, Stefanie Levers
Bildredaktion: Büro Hamburg. Alke Bücking, Charlotte Wippermann
Umschlagabbildung: Image Source / Corbis (Hintergrund);
Porträt: privat
Autorenfoto: Isolde Ohlbaum
Satz: Satz für Satz. Barbara Reischmann, Leutkirch
Papier: Munken Print von Arctic Paper Munkedals AB, Schweden
Druck und Bindung: CPI – Clausen & Bosse, Leck
Printed in Germany   ISBN 978-3-492-25196-9

Die Axt

»Kommen Sie herein, Herr Doktor. Ja, hier sind Sie richtig. Ja, ich habe Sie angerufen. Mein Mann hatte einen Unfall. Ja, ich glaube, es ist ein schlimmer Unfall, ein sehr schlimmer sogar. Wir müssen nach oben gehen. Er liegt in unserem Schlafzimmer. Hier entlang. Entschuldigen Sie, das Bett ist nicht gemacht. Wissen Sie, ich war ein bißchen durcheinander, als ich all das Blut sah. Ich frage mich, wie ich es über mich bringen soll, das sauberzumachen. Ich glaube, ich ziehe lieber um.

Hier ist das Zimmer, kommen Sie. Dort liegt er, neben dem Bett, auf dem Teppich. In seinem Schädel steckt eine Axt. Wollen Sie ihn untersuchen? Ja, untersuchen Sie ihn ruhig. Das ist wirklich ein dummer Unfall, nicht wahr? Er ist im Schlaf aus dem Bett gerollt und auf die Axt gefallen.

Ja, die Axt gehört uns. Normalerweise ist sie im Wohnzimmer, neben dem Kamin. Mit ihr machen wir Feuerholz.

Warum sie neben dem Bett lag? Keine Ahnung. Er muß die Axt selbst an den Nachttisch gelehnt haben. Vielleicht hatte er Angst vor Einbrechern. Unser Haus liegt ziemlich einsam.

Er ist tot, sagen Sie? Ich habe gleich gedacht, daß er tot ist. Aber ich habe mir gesagt, es ist besser, wenn sich ein Arzt vergewissert.

Sie möchten telefonieren? Ach so, einen Krankenwagen rufen, nicht wahr? Die Polizei? Warum die Polizei? Es war ein Unfall. Er ist ganz einfach aus dem Bett gerollt und auf eine Axt gefallen. Ja, das ist merkwürdig. Aber es gibt eine Menge dummer Sachen, die einfach so passieren.

Oh! Glauben Sie etwa, ich hätte die Axt neben das Bett gelegt, damit er darauffällt? Aber ich konnte doch nicht voraussehen, daß er aus dem Bett rollt!

Glauben Sie etwa sogar, ich hätte ihn geschubst und wäre dann seelenruhig wieder eingeschlafen, endlich allein in unserem großen Bett, ohne sein Geschnarche, ohne seinen Geruch?

Hören Sie, Herr Doktor, das glauben Sie doch nicht wirklich. Sie können doch nicht ...

Stimmt, ich habe gut geschlafen. Seit Jahren habe ich nicht mehr so gut geschlafen. Ich bin erst um acht Uhr morgens aufgewacht. Ich habe aus dem Fenster geschaut. Es war windig. Die weißen, grauen, runden Wolken spielten vor der Sonne. Ich war glücklich und sagte mir, bei Wolken weiß man nie. Vielleicht würden sie sich auflösen — sie zogen so schnell dahin —, vielleicht aber auch zusammenballen und als Regen auf unsere Schultern niedergehen. Mir war das egal. Ich liebe Regen. Übrigens fand ich heute morgen alles wunderbar. Ich fühlte mich so leicht, als wäre ich eine Last losgeworden, die mir seit so langer Zeit ...

Erst dann habe ich den Kopf gedreht und den Unfall bemerkt. Ich habe Sie sofort angerufen.

Ach, Sie wollten ja telefonieren. Dort drüben steht der Apparat. Sie rufen einen Krankenwagen. Sie lassen die Leiche abholen, nicht wahr?

Der Krankenwagen ist für mich, sagen Sie? Das verstehe ich nicht. Ich bin doch nicht verletzt. Mir fehlt nichts, mir geht es sehr gut. Das Blut auf meinem Nachthemd, das ist Blut von meinem Mann, es ist herausgespritzt, als ...«

Ein Zug nach Norden

Eine Skulptur in einem Park, unweit eines stillgelegten Bahnhofs.

Sie stellt einen Hund und einen Mann dar.

Der Hund steht, der Mann kniet, seine Arme umschlingen den Hals des Hundes, sein Kopf ist leicht geneigt.

Die Augen des Hundes blicken über die Ebene, die sich linker Hand vom Bahnhof bis ins Unendliche dehnt, die Augen des Mannes sind starr geradeaus gerichtet, sie blicken über den Rücken des Hundes hinweg auf die von Unkraut überwucherten Schienen, über die seit langem kein Zug mehr gefahren ist. Das Dorf, zu dem der stillgelegte Bahnhof gehört, ist menschenleer. Ein paar Natur und Einsamkeit liebende Städter wohnen in der schönen Jahreszeit noch hier, aber sie haben alle ein Auto.

Und da ist auch noch der alte Mann, der sich im Park herumtreibt und behauptet, er habe die Skulptur des Hundes gemacht, und als er ihn umarmt habe – weil er ihn sehr liebe –, sei er selbst zu Stein geworden.

Fragt man ihn, wie es möglich sei, daß er trotzdem noch da sei, ein lebendiger Mensch aus Fleisch und Blut, antwortet er schlicht und einfach, er warte auf den nächsten Zug nach Norden.

Niemand hat das Herz, ihm zu sagen, daß es keinen Zug mehr nach Norden gibt, daß es keinen Zug mehr nirgendwohin gibt. Man bietet ihm an, ihn im Auto mitzunehmen, doch er schüttelt den Kopf.

»Nein, nicht im Auto. Ich werde am Bahnhof erwartet.«

Man bietet ihm an, ihn zum Bahnhof zu fahren, zu egal welchem Bahnhof im Norden.

Er schüttelt abermals den Kopf.

»Nein, danke. Ich muß den Zug nehmen. Ich habe Briefe geschrieben. An meine Mutter. Und auch an meine Frau. Ich habe geschrieben, daß ich mit dem Zug um acht Uhr abends ankomme. Meine Frau erwartet mich mit den Kindern am Bahnhof. Meine Mutter erwartet mich auch. Seit mein Vater gestorben ist, erwartet sie mich zur Beerdigung. Ich habe ihr versprochen, zur Beerdigung zu kommen. Ich möchte auch meine Frau und meine Kinder wiedersehen, die ich ... verlassen habe. Ja, ich habe sie verlassen, um ein großer Künstler zu werden. Ich habe als Maler und Bildhauer gearbeitet. Jetzt möchte ich nach Hause.«

»Aber all das, der Brief an Ihre Mutter und an Ihre Frau, die Beerdigung Ihres Vater — wann war das?«

»All das war ... als ich meinen Hund vergiftet habe, weil er mich nicht gehen lassen wollte. Er klammerte sich an meine Jacke und an meine Hose und jaulte, als ich in den Zug steigen wollte. Da habe ich ihn vergiftet und unter der Skulptur begraben.«

»Die Skulptur gab es schon?«

»Nein, ich habe sie tags darauf gemacht. Ich habe hier, über seinem Grab, eine Skulptur meines Hundes angefertigt. Und als der Zug nach Norden kam, habe ich ihn ein letztes Mal umarmt und ... bin an seinem Hals zu Stein geworden. Selbst als er tot war, wollte er mich nicht gehen lassen.«

»Aber Sie sind doch hier und warten auf einen Zug.«

Der Alte lacht.

»Ich bin nicht so verrückt, wie Sie glauben. Ich weiß sehr wohl, daß ich nicht existiere, daß ich aus Stein bin und auf dem Rücken meines Hundes liege. Ich weiß auch, daß hier keine Züge mehr verkehren. Und ich weiß, daß mein Vater schon lange beerdigt ist, daß meine Mutter, die inzwischen auch gestorben ist, an keinem Bahnhof mehr auf mich wartet. Niemand wartet auf mich. Meine Frau hat wieder geheiratet, meine Kinder sind mittlerweile erwachsen. Ich bin alt, mein Herr, sehr alt, sogar älter, als Sie denken. Ich bin eine Statue, ich werde nicht fortgehen. All das hier ist nur noch ein Spiel zwischen meinem Hund und mir, ein Spiel, das wir über Jahre hinweg gespielt haben, ein Spiel, das er in dem Augenblick, als ich ihn kennenlernte, schon gewonnen hatte.«

Zu Hause

Wird es in diesem Leben oder in einem anderen sein?

Ich werde nach Hause zurückkehren.

Draußen werden die Bäume heulen, aber sie werden mir keine Angst mehr machen, und auch die roten Wolken und die Lichter der Stadt nicht.

Ich werde nach Hause zurückkehren, ein Zuhause, das ich nie gehabt habe oder das zu weit weg ist, als daß ich mich daran erinnern könnte, weil es nicht mein Zuhause war, nicht wirklich, nie.

Morgen wird es dieses Zuhause endlich geben, in einem armen Viertel einer großen Stadt. In einem armen Viertel, denn wie soll man von nichts reich werden, wenn man von woanders herkommt, von nirgendwo und ohne den Wunsch, reich zu werden?

In einer großen Stadt, weil es in kleinen Städten nur ein paar Häuser mit Bedürftigen darin gibt. Allein große Städte haben Straßen, unendlich düstere Straßen, in denen sich Menschen verkriechen, die so ähnlich sind wie ich.

In diesen Straßen werde ich auf mein Haus zugehen.

Ich werde durch diese vom Wind gepeitschten und vom Mond beschienenen Straßen gehen.

Dickleibige Frauen, die frische Luft schnappen, werden mich vorübergehen sehen, ohne ein Wort zu sagen. Ich werde alle von Glück erfüllt grüßen. Halbnackte Kinder werden zwischen meinen Beinen herumkrabbeln, ich werde sie hochheben in Erinnerung an meine, die inzwischen groß und reich und irgendwo glücklich sein werden. Ich werde sie streicheln, diese Kinder von irgendwem, und ihnen seltene, glänzende Dinge schenken. Ich werde auch den Betrunkenen aufheben, der in die Gosse gestürzt ist, ich werde die Frau trösten, die heulend durch die Nacht läuft, werde mir ihr Leid anhören und sie beruhigen.

Zu Hause angekommen, werde ich müde sein, ich werde mich aufs Bett legen, auf irgendein Bett, die Vorhänge werden wehen, wie die Wolken dahinwehen.

So wird die Zeit vergehen.

Und unter meinen Lidern werden die Bilder dieses bösen Traums, der mein Leben war, vorbeiziehen.

Aber sie werden mir nicht mehr weh tun.

Ich werde zu Hause sein, allein, alt und glücklich.

Der Kanal

Der Mann sah sein Leben dahingehen.

Ein paar Meter von ihm brannte sein Wagen noch immer.

Auf dem Boden rote und weiße Flecken Blut und Schnee, Menstruation und Sperma, und weiter weg die tiefblauen, von einem Lichterkranz umgebenen Berge.

Der Mann dachte: »Sie sind zu früh aufgegangen. Es ist noch nicht dunkel. Sterne. Ich kenne ihre Namen nicht. Ich habe sie noch nie gekannt.«

Übelkeit, Schwindel. Der Mann schläft wieder ein und träumt seinen Traum noch einmal, seinen Alptraum, den gleichen, immer den gleichen.

Er geht durch die Straßen seiner Geburtsstadt, um zu seinem Sohn zu gelangen. Sein Sohn wartet in einem der Häuser auf ihn, in dem Haus, in dem er selbst einst auf seinen Vater gewartet hatte.

Aber er hat sich verlaufen, er erkennt nichts wieder, keine Chance, seine Straße, sein Haus zu finden.

»Sie haben alles verändert, alles.«

Er erreicht den großen Platz, um ihn herum glänzen die Häuser, ja, sie sind aus gelbem Metall und Glas erbaut und ragen bis zu den Wolken hinauf.

»Was haben sie getan? Das ist monströs!«

Dann begreift er.

»Sie haben Gold gefunden. Das Gold, von dem die Alten sprachen, das Gold der Felsen, das Gold der Legenden. Sie haben es gefunden, und sie haben eine Stadt aus Gold erbaut, eine einzigartige Stadt, eine Stadt wie ein Alptraum.«

Er verläßt den Platz und biegt in eine breite, alte Straße ein, die von Holzhäusern und baufälligen Scheunen gesäumt ist. Der Boden ist staubig, und er empfindet es als wohltuend, barfuß darauf zu gehen.

»Dies ist meine Straße, ich habe sie wiedergefunden, ich bin nicht mehr verloren, hier hat sich nichts verändert.«

Doch es liegt eine seltsame Spannung in der Luft.

Der Mann dreht sich um und sieht den Puma am anderen Ende. Ein prächtiges

Tier, beige- und goldfarben, dessen seidiges Fell in der sengenden Sonne schimmert.

Alles brennt. Die Häuser, die Scheunen gehen in Flammen auf, aber er muß seinen Weg zwischen den zwei Wänden aus Feuer fortsetzen, denn auch der Puma setzt sich in Bewegung und folgt ihm in einigem Abstand mit majestätischer Trägheit.

»Wohin fliehen? Es gibt kein Entrinnen. Die Flammen oder die Fangzähne. Vielleicht am Ende der Straße? Diese Straße muß doch irgendwo aufhören, die Unendlichkeit existiert nicht, alle Straßen hören auf, münden in einen Platz oder in eine andere Straße. Hilfe!«

Er hat geschrien. Der Puma ist ganz nah, gleich hinter ihm. Der Mann wagt nicht mehr, sich umzudrehen, er kann nicht weitergehen, seine Füße sind wie angewurzelt. Mit unsäglicher Angst wartet er darauf, daß ihn das Tier endlich von hinten anspringt, ihn von den Schultern bis zu den Schenkeln zerfleischt, ihm den Kopf abreißt.

Aber der Puma geht an ihm vorbei, setzt ungerührt seinen Weg fort und legt sich zu Füßen eines Kindes nieder, das vorher nicht da war, sondern gerade erst aufgetaucht ist und den Kopf des Pumas streichelt.

Das Kind sieht den schreckensstarren Mann an.

»Er ist nicht böse, er gehört mir. Sie müssen keine Angst vor ihm haben, er frißt kein Fleisch, er frißt nur Seelen.«

Es brennt nicht mehr, das Flammenmeer ist erloschen, von der Straße ist nur noch weiche erkaltete Asche übrig.

Ein Lächeln erhellt das Gesicht des Mannes.

»Bist du vielleicht mein Sohn? Hast du auf mich gewartet?«

»Ich habe auf niemanden gewartet, aber es stimmt, du bist mein Vater. Folge mir.«

Das Kind führt ihn an den Stadtrand, wo ein gelblich glänzender, von hellen Scheinwerfern angestrahlter Fluß fließt. In seiner Strömung treiben rücklings Gestalten, die Augen zum gestirnten Himmel gerichtet.

Der Mann lacht höhnisch.

»Traumgestalten? Greise sind das, jawohl. Ich erkenne meinen Vater und meine Mutter im Fluß der ewigen Jugend.«

Der zur Statue gewordene goldene Puma streckt sich auf der Fassade eines riesigen Gebäudes.

»Nein«, sagt der Puma, »du bist zu dämlich. Lach nicht. Das hier ist nicht der Fluß der ewigen Jugend, das ist die städtische Kanalisation, die den Abfall fortschwemmt. Die Toten und alles andere, was man loswerden möchte wie das schlechte Gewissen, Fehler, Verzicht, Verrat, Verbrechen, Mord.«

»Es hat Morde gegeben?«

»Ja. All das wird vom klaren Wasser der Erlösung fortgespült. Aber die Toten kommen wieder, das Meer nimmt sie nicht. Es schickt sie in einem anderen Kanal, der sie hierher bringt, zurück. Dann kreisen sie um die Stadt wie einst die Seelen.«

»Sie sehen trotzdem glücklich aus.«

»Ihr Gesicht ist zu einem Ausdruck ewiger Höflichkeit erstarrt. Aber wer weiß, was in ihnen vorgeht.«

»Du, wahrscheinlich.«

»Ich sehe nur das Äußere. Ich stelle fest.«

»Und was stellst du fest?«

»Daß jedes Äußere, das von einem weiteren Äußeren umgeben ist, ebenso unzweifelhaft zu einem Inneren wird wie ein Inneres, das ein Inneres zuläßt, sich in ein Äußeres verwandelt.«

»Das verstehe ich nicht.«

»Es ist auch nicht wichtig. Du wirst sterben, du wirst in den Kanal stürzen, und du wirst um die Stadt kreisen.«

»Nein, wenn ich sterbe, fliege ich zu den Sternen.«

»Selbst Vögel fallen herunter, wenn sie sterben, und außerdem hast du nicht einmal Flügel.«

»Und mein Sohn?«

»Er ist hier, hinter dir, er wird dir helfen.«

Das Kind hebt seine zerbrechliche Hand, um den Rücken des Mannes zu berühren, und der Mann fällt ohne einen Schrei. Er läßt sich vom Wasser des Kanals davontragen, die Augen auf die Sterne gerichtet, die er nicht mehr sieht.

Schulterzuckend entfernt sich das Kind.

Der Puma seufzt: »So ist das, von Generation zu Generation.«

Er läßt den großen Kopf auf die Vorderpfoten sinken, und das ganze Gebäude stürzt in sich zusammen.

Tod eines Arbeiters

Unvollendet blieb die bedeutungslose Silbe zwischen Fenster und Blumenvase hängen.

Unvollendet die Geste deiner geschwächten Finger, die ein halbes großes N auf die Bettdecke zeichneten.

»Nein!«

Du glaubtest, es reiche, die Augen offenzuhalten, damit der Tod dich nicht ereilt. Du hast sie nach Kräften aufgerissen, aber die Nacht ist gekommen, sie hat dich mit ihren Armen umfangen.

Gestern noch dachtest du an dein Auto, das du nicht fertiggewaschen hattest an jenem bereits so fernen Samstag, an dem dich die Faust des Schmerzes zum ersten Mal in den Magen traf.

»Krebs«, hatte der Arzt gesagt, und die Sauberkeit deines Krankenhausbettes erfüllte dich mit Schrecken.

Selbst deine Hände sind mit den Tagen, Wochen, Monaten weiß geworden. Verschwunden waren die nicht wegzukriegenden Ölspuren, deine Fingernägel brachen nicht mehr, blieben lang und rosafarben wie die eines Beamten.

Abends weintest du leise, ohne Schluchzer, ohne Zucken, die Tränen rannen sacht, lautlos auf das Kissen, und im Krankensaal grub das grüne Licht der Nachtlampen Höhlen in die Wangen und unter die Augen deiner kranken Bettnachbarn.

Nein, du warst nicht allein.

Ihr wart sechs oder sieben, die von einem Tag auf den anderen sterben konnten.

Wie in der Fabrik. Dort warst du auch nicht allein, ihr wart zwanzig oder fünfzig, die Tag für Tag die gleiche Handbewegung machten.

Deine Fabrik stellte nicht nur Uhren her, sie produzierte auch Leichen.

Und im Krankenhaus wie in der Fabrik hattet ihr euch nichts zu sagen.

Du, du dachtest, die anderen schliefen oder wären schon tot.

Die anderen dachten, du schliefest oder wärst schon tot.

Niemand sprach, auch du nicht.

Du wolltest nicht mehr sprechen, du wolltest dich nur an etwas erinnern, aber du wußtest nicht, woran.

Es gab nichts zu erinnern.

Deine Erinnerungen, deine Jugend, deine Kraft, dein Leben – die Fabrik hatte sie genommen. Sie hat dir nur die Müdigkeit gelassen, die tödliche Müdigkeit von vierzig Jahren Arbeit.

Ich esse nicht mehr

Es ist zu spät. Ich esse nichts mehr. Ich verweigere das Brot und Tobsuchtsanfälle. Ich verweigere auch die Mutterbrust, die allen Neuankömmlingen in den Molkereien des Schmerzes dargeboten wird.

Man hat mich mit Mais genährt, seit ich zu leben verstanden habe, und mit Bohnen.

Allen unbekannten Speisen hatte ich ein Heiligtum errichtet, indem ich unsere paar Kartoffeln von den endlosen Feldern meiner Heimat stehlen ging.

Jetzt habe ich eine weiße Tischdecke, Kristallgläser, Tafelsilber, aber die Lachse und Rehrücken sind zu spät gekommen.

Ich esse nichts mehr.

Lächelnd erhebe ich beim Abendessen mein mit einem seltenen Wein gefülltes Glas zu Ehren meiner Gäste. Ich stelle das leere Glas wieder ab, meine weißen mageren Finger streicheln die auf die Tischdecke gestickten Blumen.

Ich erinnere mich ...

Und ich lache, während ich meine Tischgenossen dabei beobachte, wie sie sich gierig über den geschmorten Hasen beugen, den ich auf den kümmerlichen Feldern ihrer Heimat selbst geschossen habe ...

Der in Wirklichkeit nichts anderes als ihre liebste Hauskatze ist.

Die Lehrer

In meiner Schulzeit fühlte ich mich sehr stark zu meinen Lehrern hingezogen. Sie erfüllten mich mit so viel Bewunderung und Respekt, daß ich mich verpflichtet fühlte, sie vor der Brutalität meiner Klassenkameraden zu schützen.

Die sinnlose Quälerei unserer Lehrer empörte mich. Selbst wenn sie schlechte Noten gaben. Schlechte Noten haben keine Bedeutung, warum also diesen schwachen, wehrlosen Menschen weh tun?

Ich erinnere mich an einen Klassenkameraden, der sehr geschickt war: Er schlich sich lautlos hinter unseren Biologielehrer und zog durch dessen Wirbelsäule die Nerven heraus, um sie unter uns zu verteilen.

Aus diesen Nerven konnte man allerlei Dinge basteln, zum Beispiel Musikinstrumente. Je strapazierter der Nerv, desto zarter der Ton.

Unser Mathematiklehrer war ganz anders als der Biologielehrer. Seine Nerven waren völlig unbrauchbar. Dafür hatte er eine Vollglatze, so daß man auf seinem Kopf mit einem Zirkel perfekte Kreise zeichnen konnte. Ich notierte den Umfang der Kreise gewissenhaft in mein Heft, um später Schlüsse daraus zu ziehen.

Für meine Mitschüler, diese ungebildeten Lümmel, gab es natürlich nichts Schöneres, als mit ihren – aus oben erwähnten Nerven gefertigten – Schleudern heimtückisch auf meine Kreise zu zielen, sobald der Lehrer uns den Rücken zukehrte, um das rechtwinklige Dreieck des pythagoreischen Lehrsatzes an die schwarze Tafel zu malen.

Ich möchte noch ein paar Worte zu unserem begabten Literaturlehrer sagen. Allerdings nur wenige, denn ich weiß, wie langweilig die Erinnerungen an die eigene Schulzeit für andere sind.

Eines Tages jedenfalls warf mir der Mann ein Stück Kreide an den Kopf, um mich aus meinem üblichen Vormittagsschläfchen zu reißen. Ich finde es schrecklich, so geweckt zu werden, regte mich aber überhaupt nicht auf, weil ich Lehrer und Kreide so liebte. Wegen Kalziummangels konsumierte ich damals Unmengen von Kreide. Davon bekam ich zwar leichtes Fieber, aber das nutzte ich nie aus, um die Schule zu vernachlässigen, denn – ich kann es nicht oft genug wiederholen – ich liebte die Lehrer und ganz besonders den (hochbegabten) Literaturlehrer.

Aus Mitleid mit dem Pechvogel – die Schüler hatten eines seiner Gedichte niedergemacht – bereitete ich seinem Leiden deshalb mittags um Punkt halb eins im Park neben der Schule mit einem von ein paar kleinen Mädchen vergessenen Springseil ein Ende.

Meine humanitäre Tat wurde mit sieben Jahren Gefängnis belohnt. Allerdings hatte ich nie Anlaß, sie zu bereuen, denn in den sieben Jahren sammelte ich aufgrund meiner großen Zuneigung für die Kerkermeister und meiner Bewunderung für den Gefängnisdirektor viele wertvolle Erfahrungen.

Aber das ist eine andere Geschichte.

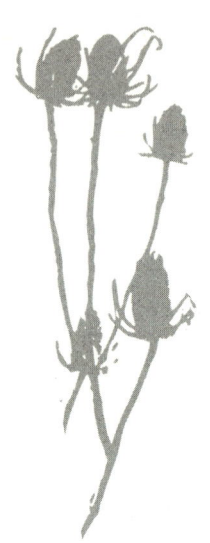

Der Schriftsteller

Ich habe mich zurückgezogen, um das Werk meines Lebens zu schreiben.

Ich bin ein großer Schriftsteller. Das weiß noch niemand, weil ich noch nichts geschrieben habe. Aber wenn ich es erst schreibe, mein Buch, meinen Roman ...

Deshalb habe ich mich zurückgezogen, von meiner Arbeit als Beamter und von ... wovon noch? Von nichts weiter. Denn Freunde habe ich nie gehabt und Freundinnen schon gar nicht. Trotzdem habe ich mich von der Welt zurückgezogen, um einen großen Roman zu schreiben.

Ärgerlich ist nur, daß ich nicht weiß, wovon mein Roman handeln soll. Es ist schon so vieles über alles mögliche geschrieben worden.

Ich ahne, ich spüre, daß ich ein großer Schriftsteller bin, aber kein Thema erscheint mir für mein Talent gut, groß oder interessant genug.

Also warte ich. Und während ich warte, leide ich natürlich unter der Einsamkeit und manchmal auch unter Hunger, aber ich hoffe gerade durch dieses Leiden einen Seelenzustand zu erreichen, in dem ich ein meinem Talent angemessenes Thema finde.

Leider läßt das Thema auf sich warten, und meine Einsamkeit wird immer schwerer und bedrückender, Stille umgibt mich, überall macht sich Leere breit, dabei ist meine Wohnung gar nicht so groß.

Doch diese drei schrecklichen Dinge, Einsamkeit, Stille und Leere, lassen mein Dach bersten, explodieren bis zu den Sternen, reichen bis in die Unendlichkeit, und ich weiß nicht mehr, was Regen und was Schnee ist, was Föhn und was Monsun.

Und ich schreie: »Ich werde alles schreiben, alles, was man schreiben kann.«

Und mir antwortet eine Stimme, eine ironische Stimme zwar, aber immerhin eine Stimme: »Einverstanden, mein Junge. Alles, aber nicht mehr, ja?«

Das Kind

Sie sitzen in einem Straßencafé. Sie schauen sich die vorbeigehenden Menschen an. Die Menschen gehen wie immer vorbei, wie alle, wie es sich gehört, sie gehen eben vorbei. Jeder möchte mal vorbeigehen.

Ich aber schlurfe herum, schlurfe ihnen hinterher. Ich tobe, bleibe stehen, spucke, heule, dann setze ich mich auf den Randstein und strecke allen Passanten, die vorbeigehen, die Zunge heraus.

»Du bist ungezogen«, sagen die Passanten.

»Ja, du machst uns Schande«, sagen meine Eltern.

Sie machen mir auch Schande. Sie haben mir nicht das Gewehr gekauft, das schöne Gewehr, das ich haben wollte. Sie haben gesagt: »Das ist kein schönes Spielzeug.«

Dabei habe ich meinen Vater beim Militärdienst gesehen. Er hatte ein Gewehr, ein echtes, eins zum Töten. Aber als ich schöne Gewehre für Kinder gesehen habe, Indianergewehre zum Jagen und Spielen, haben sie gesagt, das sei ein ganz schlimmes Spielzeug, und haben mir einen Kreisel gekauft!

Ich sitze auf dem Randstein. Ich stehe auf, tobe, heule, spucke, schreie: »Ihr seid ungezogen, ihr macht mir Schande: Ihr erzählt Lügen, ihr tut nur so, als wärt ihr nett! Wenn ich groß bin, bringe ich euch um!«

Das Haus

Er war zehn. Er saß auf dem Gehsteig und sah zu, wie der Lastwagen mit Möbeln und Kisten beladen wurde.

»Was machen die da?« fragte er einen Spielkameraden aus der Straße, der sich neben ihn gesetzt hatte.

»Was wohl? Die ziehen um«, sagte der andere. »Ich möchte später mal Möbelpacker werden. Das ist ein schöner Beruf. Da muß man kräftig sein.«

»Du meinst, sie ziehen in ein anderes Haus?«

»Klar, wenn sie umziehen ...«

»Die Armen. Ist ihnen was Schlimmes zugestoßen?«

»Warum was Schlimmes? Im Gegenteil. Ihr neues Haus ist bestimmt größer und schöner. An ihrer Stelle wäre ich froh.«

Er ging nach Hause, setzte sich im Garten ins Gras und weinte.

»Das gibt es doch nicht. Ein Haus wegen eines anderen verlassen ... Das ist so traurig, als würde man einen Menschen töten.«

Mit fünfzehn zog er in eine andere Stadt. Es war im Winter. Durch das Zugfenster sah er, wie sich seine Kindheit entfernte. Lächelnd sagte er zu seiner Mutter: »Ich hoffe, du wirst dich dort wohl fühlen.«

Doch eines Tages, an einem Sonntag Anfang Juni, betrat er wieder das alte Haus.

Der Nachbar, der körperlich behindert war und den kleinen, höflichen, schweigsamen Jungen immer gemocht hatte, freute sich sehr, ihn wiederzusehen.

»Setz dich und erzähl mir, wie es euch in der großen Stadt ergangen ist.«

»Hier hat sich nichts verändert«, erwiderte der Junge und warf einen Blick in das einzige Zimmer. »Darf ich in den Garten gehen?«

Mit einem Schritt stieg er über die Hecke und war wieder zu Hause.

In der Luft hing der Duft überreifer, in der Sonne verdorrter Himbeeren.

Er ging ein Stück weiter, und dann sah er es.

Da stand das Haus, unbeweglich, leer.

»Du siehst müde aus«, sagte er zu ihm. »Trotzdem sollst du wissen, daß ich wieder hier bin.«

Von da an besuchte er es jede Woche, schaute es an, sprach mit ihm.

»Leidest du genauso wie ich?« fragte er es eines Nachmittags, als der Oktoberregen erbarmungslos die grauen Mauern des Hauses peitschte und der Wind die Fenster erbeben ließ.

»Weine nicht«, rief er schluchzend, »ich verspreche dir, daß ich für immer wiederkomme.«

Ein Mann lehnte sich aus einem Fenster und sah mit strengem Blick in den Garten.

»Da ist jemand«, flüsterte der Junge, am Boden zerstört. »Du hast dir einen anderen genommen, du liebst mich nicht mehr. Ich hasse diesen Mann!«

Das Fenster schloß sich mit einem trockenen Geräusch, und der Zug fuhr wieder los, flog über die öden Felder dahin.

Schon bald trennte sie der Ozean und dann die Zeit.

Der Junge war kein Junge mehr, er war ein Mann.

Und die Zeit und der Ozean, die Lichter der großen Stadt, die Häuser, die die Wolken berührten, raunten ihm nachts zu: »Siehst du, siehst du, wie weit, weit weg du von mir bist.«

Die Gesichter, die Menge aus Gesichtern, die Gleichförmigkeit der Gesichter, der Lärm, der unsinnige Krach, der so eintönig ist, daß er der Stille ähnelt, und die Turmuhren, die Glocken, die Wecker, die Telefone, die Polstertüren, das Rauschen der Fahrstühle, das Gelächter, die verrückte, unerträgliche Musik.

Und über allem eine resignierte, fast lächerliche Stimme, eine ferne, traurige, alte Stimme: »Siehst du, wie weit du von mir weg bist. Du hast mich verlassen, du hast mich vergessen.«

Der kleine Junge war nun ein reicher Mann. Er beschloß, sein Haus, sein erstes Haus, nachbauen zu lassen. Er besaß inzwischen mehrere Häuser. Eines am Meer, eines in einem schicken Wohnviertel, eine Hütte in den Bergen. Doch es war sein Wunsch, das erste, das einzige zu besitzen.

Er zog einen Architekten hinzu und beschrieb ihm wirr das Haus seiner Kindheit.

Der Architekt lächelte: Man verlangte

von ihm ständig Dinge ohne Bezug zur Wirklichkeit.

»Ich brauche konkrete Zahlen, Maße … Ohne Maße kann ich nichts machen.«

»Ja, verstehe. Ich werde einen Brief schreiben und darum bitten, alles zu vermessen. Wichtig sind vor allem die Veranda und die Weinrebe, die an den Mauern hochklettert. Und auch den Staub auf den Blättern und Trauben dürfen wir nicht vergessen.«

Als das Haus fertig war, nickte er.

»Ja, es ist genau wie das andere.«

Er lächelte, aber sein Blick war leer.

Ein paar Tage später verreiste er, ohne jemandem ein Wort zu sagen.

Von Ort zu Ort, von Stadt zu Stadt, mit dem Flugzeug, dem Schiff, dem Zug.

Immer weiter, dorthin, wo nichts dem Haus ähnelte. Die kalten Lichter der großen Städte, das war schön und anders, man kam gar nicht auf den Idee, sie zu lieben.

»Ich habe eine Kopie machen lassen. Lächerlich! Als könnte man etwas kopieren, was man von früher kennt.«

Ein großes Hotel, keinerlei Ähnlichkeit. Ein Teppich auf den Stufen, ein Teppich in der Halle.

»Ein Brief für Sie, mein Herr.«

Im Fahrstuhl öffnet er den Brief.

»Warum bist du abgereist?«

Ein Schock. Aber Häuser schreiben doch keine Briefe. Er kam ganz einfach von seiner Frau.

»Warum bist du abgereist?«

Ja, warum eigentlich?

Der Brief liegt auf dem Tisch. Morgen werden die Züge auf ihren vor Müdigkeit kreischenden Gleisen weiter dahinfliegen, noch weiter weg.

So müde sind die Gleise, daß der Zug auf dem flachen Land stehenbleibt. Technische Störung.

Ein Mann steigt aus einem Schlafwagen erster Klasse. Niemand beachtet ihn. Er geht die Böschung hinunter, bleibt auf einem öden, schlammigen Feld stehen. Der Zug fährt weiter. Als er nicht mehr zu hören ist, beginnt der Mann zu sprechen: »Du siehst müde aus«, sagt er. »Aber du sollst wissen, daß ich zurückgekommen bin.«

Vor ihm steht ein Haus, unbeweglich, alt.

»Du bist schön.«

Seine runzligen Finger streichen über die rissigen Mauern.

»Sieh mal, ich breite die Arme aus und

umarme dich, wie ich die Frau umarmt habe, die zu lieben ich nie auf die Idee gekommen bin.«

Auf der Veranda des Hauses taucht ein Junge auf, die Augen dem Mond zugewandt.

Der Mann geht zu ihm.

»Ich liebe dich«, sagt er, und es kommt ihm so vor, als sagte er diese abgenutzten Worte zum ersten Mal.

Das Kind mustert ihn streng.

»Mein Kleiner«, sagt der Mann, »warum betrachtest du den Mond?«

»Ich betrachte nicht den Mond«, erwidert das Kind gereizt. »Ich betrachte nicht den Mond, sondern die Zukunft.«

»Die Zukunft?« fragt der Mann. »Ich komme aus der Zukunft, und dort gibt es nichts als schlammige, öde Felder.«

»Du lügst! Du lügst!« ruft das Kind wütend. »Dort gibt es Licht, Geld, Liebe, Gärten voller Blumen!«

»Ich komme aus der Zukunft«, wiederholt der Mann leise, »und dort gibt es nichts als schlammige, öde Felder.«

Da erkennt ihn das Kind und beginnt zu weinen. Der Mann schämt sich.

»Weißt du, vielleicht liegt es daran, daß ich fortgegangen bin.«

»Ach so«, sagt das Kind beruhigt. »Ich werde nie fortgehen.«

Die Frau stieß einen Schrei aus, als sie den alten Mann auf der Veranda sitzen sah. Er rührte sich nicht, als er den Schrei hörte. Dabei war er noch nicht tot. Er saß einfach nur da und betrachtete lächelnd den Himmel.

Meine Schwester Line,
mein Bruder Lanoé

»Line, meine Schwester, ich irre durch die Straßen, ich wage nicht, es dir zu sagen, aber du weißt es sowieso, meine Schwester, meine Liebe, deine Lippen, der Rand deiner Ohren, Line, für mich gibt es keine anderen Mädchen, nur dich, Line, schon als Kind habe ich dich gesehen, nackt, ohne Brüste, ohne Geschlecht, ich habe nur deine Schenkel gesehen, ansonsten waren wir fast gleich. Line, meine Schwester, die Jahre sind vergangen, ich werde verrückt, wenn ich deine zusammengepreßten Schenkel neben mir spüre, dein verschrecktes Gesicht, deine vom zurückgehaltenen Weinen bebende Lippe. Line, meine Schwester Line. Heute habe ich in der Schmutzwäsche dein mit Blut beflecktes Höschen gesehen, du bist zur Frau geworden, ich muß dich verkaufen, Schwester, oh, Line, meine Schwester!«

»Lanoé, mein Bruder, ist das der Lauf der Dinge? Lanoé, du bist heute abend weggegangen. Ich bin hiergeblieben, allein mit dem Alten, und ich hatte Angst, weil du nicht hier warst. Später sind sie ins Bett gegangen, der Alte und die Alte, du, Lanoé, bist nicht nach Hause gekommen. Ich habe lange an meinem Fenster gewartet, bis du mit einem anderen Mann heimgekehrt bist. Ihr seid in mein Zimmer gekommen, du und der Fremde, und ich habe alles getan, was du wolltest. Ich bin eine Frau, mein Bruder, ich weiß, was ich dem Alten und dir schuldig bin, ich tue es gern, mein Bruder, ich bin bereit, meinen Körper jedem zu überlassen, egal, wem. Aber halte meine Hand, während die Alten schlafen, streich mir übers Haar, während der andere mich nimmt. Liebe mich, Lanoé, mein Bruder, mein Liebster, oder binde mir einen Strick um den Hals.«

Egal

Oben, unten blaue Köpfe, Disteln.
Jemand singt.
Egal, es ist nicht einmal schön, es ist ein trauriges, ganz altes Lied.
»Und morgen? Du stehst auf? Wohin gehst du?«
»Nirgendwohin. Oder vielleicht gehe ich doch irgendwohin.«
Egal, man fühlt sich sowieso nirgends wohl.
Aber schlafen ist schwierig, da sind die Glocken, die läuten, und die Turmuhren.

»Breiten Sie Ihr Taschentuch aus, mein Herr. Ich möchte mich hinknien.«
»Bitte sehr.«
Sie waren zu zweit in der Straßenbahn. Der eine läutete die Glocke, der andere knipste die Karten.

Es gab niemanden, der an der Endstation aussteigen wollte.

Trotzdem halten alle Straßenbahnen dort.

Es gab auch niemanden, der einsteigen wollte.

Egal.

Sie knien nieder, wechseln ein paar Worte.

»Möchten Sie ein paar Worte mit mir wechseln?«

»Ich dachte, Sie wollten beten.«

»Hab' ich schon.«

»Na, wenn das so ist, können wir ja wieder losfahren. Ich rufe Sie morgen an.«

»Was gibt es Neues?«

»Wie geht es den Kindern?«

»Danke der Nachfrage. Im Augenblick sind nur zwei von ihnen krank. Die größeren gehen in Geschäfte, um sich aufzuwärmen. Und bei Ihnen?«

»Nichts Besonderes. Unser Hund ist jetzt stubenrein. Wir haben Möbel auf Kredit gekauft. Ab und zu schneit es.«

Der Briefkasten

Meinen Briefkasten gehe ich zweimal täglich leeren. Um elf Uhr morgens und um siebzehn Uhr abends. Der Briefträger kommt normalerweise früher vorbei, morgens zwischen neun und elf, das ist sehr unregelmäßig, und nachmittags gegen sechzehn Uhr.

Ich gehe immer so spät wie möglich nachsehen, um sicher zu sein, daß er schon dagewesen ist, sonst würde der leere Briefkasten falsche Hoffnungen in mir wecken, und ich würde mir sagen: »Vielleicht war er noch nicht da«, und dann müßte ich später noch mal runtergehen.

Haben Sie schon mal einen leeren Briefkasten geöffnet?

Bestimmt. Das passiert jedem. Aber Ihnen ist das herzlich egal, Sie pfeifen drauf, ob er leer oder ob etwas drin ist, ein Brief von Ihrer Schwiegermutter etwa, eine Einladung zu einer Vernissage, eine Urlaubskarte von Ihren Freunden.

Ich habe keine Schwiegermutter, ich kann keine haben, weil ich keine Frau habe.

Eltern, Brüder oder Schwestern habe ich auch nicht.

Jedenfalls nicht, daß ich wüßte.

Ich wurde in einem Waisenhaus geboren. Ich wurde natürlich nicht dort geboren, aber dort ist mir bewußt geworden, daß ich auf der Welt bin.

Anfangs kam mir das normal vor, ich glaubte, so wäre das Leben, ein Haufen mehr oder weniger großer Kinder, die mehr oder weniger frech waren, und ein paar Erwachsene, die dazu da waren, uns vor den Größeren in Schutz zu nehmen. Ich wußte nicht, daß es auch anderswo Kinder gab, mit Eltern, mit einem Vater, einer Mutter, Schwestern, Brüdern, einer Familie, wie man das nennt.

Später bin ich ihnen begegnet, diesen Kindern aus einer anderen Welt, die Eltern, Brüder und Schwestern hatten.

Und so fing ich an, mir meine Eltern auszumalen, auch ich habe zwangsläufig welche gehabt, Kinder wachsen schließlich nicht auf Bäumen, und auch Brüder und

Schwestern oder, ganz bescheiden, einen Bruder oder eine Schwester.

Ich setzte meine Hoffnung in den Briefkasten.

Ich erwartete ein Wunder, einen Brief in der Art:

»Jacques, endlich habe ich Dich gefunden. Ich bin Dein Bruder François.«

Selbstverständlich wäre mir lieber gewesen:

»Jacques, endlich habe ich Dich gefunden. Ich bin Deine Schwester Anne-Marie.«

Aber weder François noch Anne-Marie fanden mich.

Und auch ich fand sie nicht.

Ich hätte mich auch mit einem Brief von meiner Mutter oder meinem Vater zufriedengegeben. Ich gehe davon aus, daß sie noch leben, denn ich bin noch ziemlich jung. Sie könnten mir zum Beispiel folgendes schreiben:

Meine Mutter:

»Lieber Jacques, wie ich höre, lebst Du in guten Verhältnissen. Ich gratuliere Dir, daß Du es soweit gebracht hast. Ich dagegen lebe, wie zum Zeitpunkt Deiner Geburt, noch immer in Armut und Elend. Aber ich freue mich zu hören, daß es Dir endlich gutgeht. Daß ich Dich nicht behalten und aufziehen konnte, wie ich es gewollt hätte, ist die Schuld Deines Vaters, der mich verlassen hat, als ich mit Dir schwanger war. Dabei war es mein größter Wunsch, Dich für immer an meine Brust zu drücken.

Jetzt bin ich alt, und vielleicht könntest Du mir ein wenig Geld schicken. Immerhin bin ich Deine Mutter und lebe aufgrund meines Alters in großer Not, weil mich niemand mehr einstellen will. Deine Dich liebende Mutter, die oft an Dich denkt.«

Von meinem Vater:

»Mein lieber Sohn! Ich habe mir immer einen Sohn gewünscht, und ich bin stolz auf Dich, weil Du in bequemen Verhältnissen lebst. Ich weiß nicht, wie Du das hingekriegt hast, ich selbst habe es nie zu etwas gebracht, obwohl ich mein Leben lang wie ein Zwangsarbeiter geschuftet habe.

Als Deine Mutter mir sagte, daß sie Dich unter dem Herzen trug, bin ich mit einem Schiff auf- und davongefahren, ich habe in Häfen und in Kneipen gelebt, und ich war unglücklich bei der Vorstellung, daß ich irgendwo Frau und Kind habe, aber ich konnte Euch nicht bei mir haben, weil ich nur wenig Geld verdiente und es für Alkohol ausgab, um meinen tiefsitzenden Kummer wegen Euch beiden zu ertränken. Jetzt bin ich von Alkohol und Schicksalsschlägen geschwächt, und auf den Schiffen will mich keiner mehr einstellen. Ich arbeite ein bißchen hier und da in den Häfen, aber viel ist es nicht, und ich bin alt. Wenn Du mir also angesichts meiner Lage ein wenig Geld schicken könntest, wäre es mir willkommen. Dein Dich zeitlebens zärtlich liebender Vater.«

Das war die Art von Briefen, die ich erwartete, und mit welcher Freude wäre ich ihnen zu Hilfe geeilt, mit welcher Beglükkung wäre ich ihrer Aufforderung nachgekommen.

Aber es lag nichts, nichts Derartiges in meinem Briefkasten, nichts – bis zu jenem Morgen.

An jenem Morgen erhielt ich einen Brief. Er kam von einem der größten Unternehmer der Stadt. Ein sehr bekannter Name. Ich glaubte, es handelte sich um ein offizielles Schreiben, um ein Stellenangebot. Ich bin Dekorateur. Aber der Brief begann so:

»Mein Sohn,
Du warst nur eine Jugendsünde von mir.

Aber ich habe die Verantwortung dafür übernommen. Ich habe Deiner Mutter ein angenehmes Leben ermöglicht, sie hätte Dich großziehen können, ohne zu arbeiten, aber sie hat Dich einfach in ein Waisenhaus gesteckt und mein Geld benutzt, um weiter ein liederliches Leben zu führen. (Ich habe erfahren, daß sie vor rund zehn Jahren gestorben ist.)

Aufgrund meiner exponierten Stellung konnte ich mich nicht direkt um Dich kümmern, weil ich bereits selbst eine Familie hatte.

Trotzdem sollst Du wissen, daß ich Dich nie vergessen und mich auf Umwegen immer um Dich gekümmert habe. (Das Geld für Deine Ausbildung, Dein Stipendium für die Kunstakademie kam von mir.)

Ich muß zugeben, Du hast Dich gut durchgeschlagen, und dazu gratuliere ich Dir. Das mußt Du von mir geerbt haben, denn auch ich habe bei Null angefangen.

Leider war mir kein weiterer Sohn vergönnt. Nur Töchter, und meine Schwiegersöhne sind Nichtsnutze.

Für mich hat der Herbst des Lebens begonnen, Konventionen bedeuten mir nichts. Ich habe beschlossen, Dir die Leitung meiner Geschäfte anzuvertrauen, denn ich bin müde und sehne mich nach Ruhe.

Deshalb bitte ich Dich, am 2. Mai um fünfzehn Uhr in mein Büro zu kommen. Die Adresse steht im Briefkopf.

Dein Vater.«

Gefolgt von seiner Unterschrift.

Dies ist der Brief, den ich nach dreißigjährigem Warten von meinem Vater erhalten habe.

Und er geht fest davon aus, daß ich am 2. Mai um fünfzehn Uhr überbordend vor Glück in sein Büro kommen werde.

Der 2. Mai, das ist in zehn Tagen.

Noch am selben Abend sitze ich am Flughafen und warte auf einen Flug nach Indien.

Warum nach Indien?

Es könnte auch jeder andere Ort sein, Hauptsache mein »Vater« findet mich nicht.

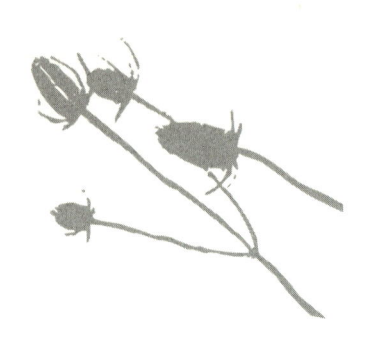

Die falsche Nummer

Ich weiß nicht, was mit meiner Telefonnummer los ist. Sie muß vielen anderen ähneln. Ich beklage mich nicht darüber. Jeder Anruf sorgt in meinem eintönigen Dasein für Zerstreuung. Seit ich arbeitslos bin, langweile ich mich manchmal ein bißchen. Nicht immer, nicht wirklich. Die Tage vergehen erstaunlich schnell. Manchmal frage ich mich sogar, wie in einen Tag, der schon so kurz ist, acht Stunden Arbeit hineinpassen konnten.

Die Abende dagegen sind lang und still. Deshalb freue ich mich jedesmal, wenn das Telefon klingelt. Selbst wenn es wie meistens, ja, fast immer, ein Versehen ist und jemand nur die falsche Nummer gewählt hat.

Die Leute sind so zerstreut.

»Ist dort die Werkstatt Lanthemman?« fragt man mich.

»Nein, danke«, sage ich verlegen. (Ich sollte mir die Marotte abgewöhnen, ständig ›danke‹ zu sagen.) »Sie haben sich verwählt.«

»Zu dumm«, sagt der Mann am anderen Ende der Leitung, »ich habe nämlich eine Panne auf der Autobahn, zwischen Serrières und Areuse.«

»Tut mir leid«, sage ich zu ihm, »aber ich kann Ihnen keine Pannenhilfe leisten.«

»Ist das nun die Werkstatt Lanthemman oder was?« fragt er genervt.

»Entschuldigen Sie, daß ich nicht die Werkstatt Lanthemman bin, aber wenn ich Ihnen behilflich sein kann ...«

Ich bemühe mich immer, am Telefon freundlich zu sein, selbst wenn es nichts bringt. Man kann nie wissen. Manchmal gewinnt man so neue Bekannte oder Freunde.

»Ja, Sie können mir behilflich sein, indem Sie mir einen Kanister Benzin bringen.«

Seine Stimme klingt hoffnungsvoll, er glaubt, einen gutmütigen Trottel gefunden zu haben, und er hat recht.

»Tut mir leid, mein Herr, ich habe kein Benzin, ich habe lediglich ein bißchen Brennspiritus.«

»Dann verbrennen Sie ihn, Sie Blödmann!« Und er legt auf.

So sind sie alle, die Leute, die sich verwählen. Hat man nicht zur Hand, was sie wünschen, verlieren sie das Interesse. Man hätte doch ein bißchen plaudern können.

Ich erinnere mich noch an den schönsten »Verwähler«, den ich je hatte. Ich ließ das Telefon ziemlich lange klingeln. Ich war damals in einer sehr pessimistischen Phase. Es war eine Frau. Um zehn Uhr abends.

Ich schlug einen blasierten Ton an, der meine Angst überspielen sollte.

»Hallo?«

»Marcel?«

»Ja?« sagte ich abwartend.

»Ach, Marcel, ich suche schon eine Ewigkeit nach dir.«

»Und ich nach dir.«

Das stimmt, ich suche schon immer nach ihr.

»Du auch? Das dachte ich mir. Erinnerst du dich noch, am Seeufer ...?«

»Nein, ich erinnere mich nicht mehr.«

Das sagte ich, weil ich grundehrlich bin und nicht gern schwindle.

»Du erinnerst dich nicht mehr? Warst du betrunken?«

»Kann sein, ich bin ziemlich oft betrunken. Aber ich heiße gar nicht Marcel.«

»Natürlich«, erwidert sie. »Und ich heiße auch nicht Florence.«

Na, das ist ja schon etwas, jetzt weiß ich, wie sie nicht heißt. Gerade will ich auflegen, da sagt sie unvermittelt: »Stimmt, Sie sind nicht Marcel. Aber Sie haben eine schöne Stimme.«

Mir verschlägt es die Sprache. Aber sie redet weiter: »Eine sehr angenehme, tiefe, sanfte Stimme. Ich würde Sie gern sehen, Sie kennenlernen.«

Ich schweige noch immer.

»Sind Sie noch dran? Warum sagen Sie nichts mehr? Ich weiß, daß ich mich verwählt habe, ich meine, ich weiß, daß Sie nicht Marcel sind. Sie sind nicht der, der zu mir gesagt hat, er heiße Marcel.«

Immer noch Schweigen. Vor allem auf meiner Seite.

»Sind Sie noch dran? Wie heißen Sie? Ich heiße Garance.«

»Nicht Florence?« frage ich sie.

»Nein, Garance. Und Sie?«

»Ich? Lucien.« (Das stimmt zwar nicht, aber Garance vermutlich auch nicht.)

»Lucien? Das ist ein schöner Name. Sagen Sie, wollen wir uns nicht mal treffen?«

Ich sage nichts. Der Schweiß rinnt mir über die Stirn in die Augen.

»Das könnte witzig sein«, sagt Garance, »meinen Sie nicht?«

»Ich weiß nicht.«

»Ich hoffe, Sie sind nicht verheiratet?«

»Verheiratet? Nein.« (Ich und verheiratet – was für eine Idee!)

»Also?«

»Ja«, antworte ich.

»Ja, was?«

»Wir könnten uns treffen, wenn Sie wollen.«

Sie lacht.

»Sie sind wohl schüchtern. Ich mag schüchterne Männer. (Marcel ist offenbar das genaue Gegenteil.) Hören Sie, ich mache Ihnen einen Vorschlag. Ich bin morgen zwischen sechzehn und siebzehn Uhr im Café du Théâtre. Morgen ist Samstag, da arbeiten Sie vermutlich nicht.«

Richtig vermutet. Samstags arbeite ich nicht, aber an allen anderen Tagen auch nicht.

»Ich ziehe ...«, fährt sie fort, »ähm, ich ziehe einen Schottenrock mit grauer Bluse und schwarzer Weste an. Sie werden mich leicht erkennen. Ich bin brünett und habe mittellanges Haar. Warten Sie ...« (Ich tue nichts anderes.) »Vor mir auf dem Tisch wird ein Buch mit rotem Einband liegen. Und Sie?«

»Ich?«

»Ja, wie soll ich Sie erkennen? Sind Sie groß oder klein, dick oder dünn?«

»Ich? Das kommt drauf an. Eher mittelgroß, weder dick, noch dünn.«

»Haben Sie einen Schnurrbart oder einen Vollbart?«

»Nein, weder noch. Ich rasiere mich brav jeden Morgen.« (Alle drei, vier Tage, je nachdem.)

»Tragen Sie Jeans?«

»Selbstverständlich.« (Das stimmt zwar nicht, aber offenbar mag sie Jeans.)

»Und einen weiten schwarzen Pulli, nehme ich an.«

»Ja, schwarz. Meistens jedenfalls«, antworte ich, um ihr eine Freude zu machen.

»Gut«, sagt sie. »Kurze Haare?«

»Ja, kurze Haare, aber nicht zu kurz.«

»Haben Sie blondes oder braunes Haar?«

Sie nervt mich. Meine Haare sind von einem schmutzigen Braungrau, aber das kann ich nicht zugeben.

»Kastanienbraun«, versetze ich.

Und falls ihr das nicht gefällt, ist es auch egal. Wenn ich es mir recht überlege, war mir der Kerl mit der Panne doch lieber.

»Das ist eher vage«, sagt sie, »aber ich werde Sie schon erkennen. Wie wär's, wenn Sie sich eine Zeitung unter den Arm klemmen?«

»Was für eine Zeitung?« (Sie treibt es zu weit. Ich lese nie Zeitung.)

»Sagen wir, den *Nouvel Observateur*.«

»Gut, ich kann den *Nouvel Observateur* mitbringen.« (Ich weiß zwar nicht, was das ist, aber ich werde ihn schon finden.)

»Dann bis morgen, Lucien«, sagt sie, und bevor sie auflegt, fügt sie hinzu: »Ich finde das aufregend.«

Aufregend! Es gibt Leute, die sprechen solche Wörter mühelos aus. Ich könnte nie so daherreden. Es gibt eine Reihe von Wörtern, die ich nicht über die Lippen bringe. Zum Beispiel »aufregend«, »ergreifend«, »poetisch«, »Seele«, »Leid« oder »Einsamkeit«. Ich kann sie einfach nicht aussprechen. Ich schäme mich, als wären diese Wörter unanständig oder derb wie »Scheiße«, »Schweinerei«, »zum Kotzen« oder »Mist«.

Am nächsten Vormittag kaufe ich mir

Jeans und einen weiten schwarzen Pullover. Der Verkäufer sagt, das stehe mir sehr gut, aber ich bin nicht daran gewöhnt. Auch zum Friseur gehe ich. Er schlägt mir eine Schaumtönung vor. Ich lasse ihn machen, dunkles Kastanienbraun, was soll's, wenn es mißlingt, gehe ich eben nicht hin. Aber es mißlingt nicht. Ich habe jetzt schönes kastanienbraunes Haar, nur bin ich nicht daran gewöhnt.

Ich gehe nach Hause und schaue mich im Spiegel an. Die Stunden vergehen, und ich schaue mich noch immer im Spiegel an. Und der andere, der Fremde, schaut mich auch an. Er gefällt mir nicht. Er sieht besser aus als ich, ist schöner, jünger, aber das bin nicht ich. Ich war nicht so vornehm, nicht so schön, nicht so jung, aber daran war ich gewöhnt.

Zehn vor vier. Ich muß los. Ich wechsle schnell die Kleider, ziehe wieder meinen abgewetzten braunen Kordanzug an, kaufe nicht die Zeitung *Ancien Observateur* und treffe um Viertel nach vier im Café du Théâtre ein.

Ich setze mich, schaue mich um.

Der Kellner kommt, ich bestelle ein Glas Rotwein.

Ich schaue. Ich sehe vier Männer beim Kartenspielen, ein sich langweilendes Pärchen, das ins Leere starrt, und, an einem weiteren Tisch, eine Frau, allein, mit einem in Grautönen gehaltenen Faltenrock, einer hellgrauen Bluse, einer schwarzen Weste. Außerdem trägt sie eine lange dreireihige Silberkette. (Die Kette hat sie mir gegenüber nicht erwähnt.) Vor ihr eine Tasse Kaffee sowie ein Buch mit rotem Einband.

Aus der Entfernung ist es mir nicht möglich, ihr Alter zu schätzen, aber immerhin kann ich erkennen, daß sie schön ist, sehr schön, zu schön für mich.

Ich sehe auch, daß sie schöne, traurige Augen mit einer Spur von Einsamkeit im Hintergrund hat, und ich habe Lust, zu ihr zu gehen, aber ich kann mich nicht dazu durchringen, weil ich meinen alten, abgewetzten Kordanzug trage. Ich gehe auf die Toilette, werfe einen Blick in den Spiegel und schäme mich für meine kastanienbraunen Haare. Und ich schäme mich auch für meinen Impuls, der mich zu ihr gedrängt hat, zu »ihren schönen, traurigen Augen mit einer Spur von Einsamkeit im Hintergrund«, und der nur eine dumme Laune meiner Phantasie gewesen ist.

Ich gehe zurück ins Lokal und setze mich an einen Tisch ganz in ihrer Nähe, um sie zu beobachten.

Sie sieht mich nicht an. Sie erwartet einen jungen Mann in Jeans und einem weiten schwarzen Pullover mit einer Zeitung unter dem Arm.

Sie blickt auf die große Uhr des Cafés.

Ich starre sie an, ich kann nicht anders, und das scheint sie zu nerven, denn sie ruft den Kellner und bezahlt ihren Kaffee.

In diesem Augenblick geht die Tür auf oder, besser gesagt, werden die beiden Flügel der Tür aufgestoßen wie in einem Western, und ein junger Mann, jünger als ich, kommt herein und bleibt vor dem Tisch von Florence-Garance stehen. Er hat Jeans und einen schwarzen Pulli an, fast bin ich erstaunt, daß er nicht auch einen Colt und Sporen trägt. Er hat schulterlanges schwarzes Haar und einen schönen, ebenfalls schwarzen Bart. Er läßt den Blick über die Gäste schweifen, auch über mich, und ich höre klar und deutlich, was sie zueinander sagen.

Sie sagt: »Marcel!«

Er antwortet: »Warum hast du mich nicht angerufen?«

»Nun, offenbar habe ich eine Zahl falsch verstanden.«

»Erwartest du jemanden?«

»Nein, niemanden.«

Aber es gibt mich doch, ich bin hier, sie hat mich erwartet, doch zum Glück bin ich der einzige, der das weiß, und es besteht keine Gefahr, daß ich es ihnen erzähle.

Vor allem als Marcel sagt: »Gehen wir?«

»Ja.«

Sie steht auf, und sie gehen.

Auf dem Land

Es war kaum noch zu ertragen.

Unterhalb seiner Fenster, die auf einen kleinen, einstmals bezaubernden Platz gingen, riß der Lärm der Autos, der brummenden Motoren nie ab.

Nicht einmal nachts. Unmöglich, bei offenem Fenster zu schlafen.

Nein, das konnte man wirklich nicht länger hinnehmen.

Die Kinder liefen Gefahr, überfahren zu werden, wenn sie aus dem Haus gingen. Nicht eine Minute Ruhe.

Wie durch ein Wunder wurde ihm dieser kleine, abgelegene und verlassene Bauernhof angeboten, der nur einen Apfel und ein Ei kostete. Freilich, es mußten ein paar Reparaturen gemacht werden. Das Dach, ein neuer Anstrich. Auch ein Bad mußte eingebaut werden. Aber er kam sehr gut zurecht.

Und er hatte jetzt wenigstens sein eigenes Zuhause.

Milch, Eier und Gemüse kaufte er bei einem benachbarten Bauern, wo sie halb soviel kosteten wie in den Supermärkten der Stadt. Zudem waren es reine, naturbelassene Produkte.

Lästig war nur die Fahrerei – zwanzig Kilometer – viermal am Tag. Aber – pah! – zwanzig Kilometer! Das schaffte man in einer Viertelstunde.

(Außer wenn es Staus, Unfälle, eine Panne, eine Polizeikontrolle, Nebel, Glatteis oder zuviel Schnee gab.)

Zur Schule war es auch ein bißchen weit, aber ein halbstündiger Fußmarsch tut Kindern sehr gut.

(Außer wenn es regnet, schneit, zu kalt oder zu heiß ist.)

Aber im Grunde war es das Paradies.

Und er lachte jedesmal, wenn er in die Stadt fuhr und sein Auto auf dem kleinen Platz parkte, oft sogar unterhalb seiner ehemaligen Fenster. Wenn er dann die Abgase einatmete, sagte er sich zufrieden, daß er seiner Familie all das erspart hatte.

Dann kam dieses Autobahnprojekt.

Als er sich am Rathaus die ausgehängten

Pläne ansah, stellte er fest, daß die sechsspurige Trasse mitten durch seinen Bauernhof oder unmittelbar daran vorbeiführen würde. Er war am Boden zerstört, doch gleich darauf hatte er so etwas wie eine Erleuchtung: Wenn die Autobahn durch seinen Bauernhof oder Garten führte, würde er entschädigt werden. Und mit der Entschädigung könnte er sich anderswo einen anderen Bauernhof kaufen.

Um sich Klarheit zu verschaffen, bat er den Verantwortlichen um ein Gepräch.

Dieser empfing ihn herzlich. Nachdem er ihn höflich angehört hatte, erklärte er ihm, daß er die Pläne falsch verstanden habe, denn die fragliche Autobahn würde in einem Abstand von mindestens einhundertfünfzig Metern an seinem Bauernhof vorbeiführen. Von einer Entschädigung könne also keine Rede sein.

Die Autobahn wurde gebaut — ein Meisterwerk —, und zwischen ihr und dem Bauernhof lagen tatsächlich einhundertfünfzig Meter Abstand.

Den Lärm hörte man übrigens kaum, es war eine Art beständiges Brummen, an das man sich sehr schnell gewöhnte. Und der Besitzer des Bauernhofs tröstete sich mit dem

Gedanken, daß er dank Autobahn schneller zu seinem Arbeitsplatz gelangte.

Vorsichtshalber sah er jedoch davon ab, die Milch weiterhin auf dem benachbarten Hof zu kaufen, weil die Kühe des Bauern nun am Rand der Autobahn weideten, wo das Gras, wie jeder weiß, viel Blei enthält.

Sechs Monate später wurden fünfzig Meter von seinem Hof entfernt Gastanks aufgestellt.

Zwei Jahre später entstand in achtzig Metern Entfernung eine Müllverbrennungsanlage. Von morgens bis abends kamen schwere Lastwagen angefahren, und der Schlot der Anlage qualmte pausenlos.

In der Stadt dagegen waren Autofahren und Parken auf dem kleinen Platz mittlerweile verboten. Man hatte dort eine kleine Grünanlage mit Blumenbeeten, Sträuchern, Sitzbänken und einem Kinderspielplatz angelegt.

Die Straßen

Seit seiner Kindheit liebte er es, durch die Straßen zu spazieren.

Durch die Straßen dieser kleinen Stadt ohne Zukunft.

Er wohnte im Zentrum, in einem schmalen, einstöckigen Haus. Im Erdgeschoß befand sich das Geschäft seiner Eltern, ein mit bizarren, mehr oder weniger alten Dingen vollgestopfter Kramladen.

Die Fenster der winzigen Wohnung im ersten Stock gingen auf den größten Platz der Stadt, einen Platz, der ab neun Uhr abends menschenleer war.

Nach der Schule ging er nicht sofort nach Hause, sondern spazieren.

Lange betrachtete er bestimmte Fassaden, setzte sich auf eine Bank oder ein Mäuerchen.

Da er ein guter Schüler war, machten sich

seine Eltern keine Sorgen. Er erschien stets pünktlich zu den Mahlzeiten, und abends spielte er auf dem verstimmten Klavier in seinem Zimmer. Seinen Eltern war es nie gelungen, das Ding zu verkaufen, denn nur wenige Menschen in der Stadt konnten sich ein Klavier leisten, und wer sich eins leisten konnte, kaufte ein neues.

Er aber spielte jeden Abend auf dem alten Klavier.

In der übrigen Zeit spazierte er durch die Stadt. Es war eine sehr kleine Stadt, und trotzdem entdeckte er jeden Tag eine Straße, die er noch nie gesehen oder vielmehr noch nie richtig betrachtet hatte.

Anfangs begnügte er sich mit dem alten Viertel in der Nähe seines Zuhauses. Die alten Häuser, das Schloß, die Kirchen, die gewundenen Straßen genügten ihm.

Im Alter von etwa zwölf Jahren wagte er sich immer weiter vor.

In einer Straße von dörflichem Aussehen blieb er stehen, denn die geduckten Häuser mit den Fenstern auf Bodenhöhe waren ihm aufgefallen.

Es war die Atmosphäre der Straßen, die ihn anzog.

Eine unauffällige Straße konnte seine Aufmerksamkeit monatelang fesseln. Er kehrte im Herbst zu ihr zurück, wollte sie im Schnee sehen, wollte sich ausmalen, wie die Häuser eingerichtet waren. Er machte sich nicht zugezogene Vorhänge und schlecht geschlossene Fensterläden zunutze. Er wurde zum Voyeur. Ein Voyeur der Häuser. Die Menschen, die in ihnen wohnten, interessierten ihn nicht. Nur die Häuser und die Straßen.

Die Straßen!

Er wollte sie morgens in der Sonne sehen, nachmittags im Schatten oder im Regen und auch bei Nebel oder im Mondschein.

Manchmal dachte er traurig, daß ihm ein Menschenleben nicht reichen würde, um alle Straßen seiner Stadt in sämtlichen Erscheinungsformen, die sie annehmen konnten, kennenzulernen. Dann marschierte er bis zur Erschöpfung und hatte das Gefühl, niemals stehenbleiben zu dürfen.

Eines Tages aber mußte er fort, mußte er die Stadt verlassen, um in der Hauptstadt Musik zu studieren. Er tauschte sein altes Klavier gegen eine Geige. Seine Lehrer hielten ihn für sehr begabt.

Er studierte drei Jahre in der großen Stadt.

Drei Jahre voller Alpträume.

Träume, Träume, jede Nacht.

Straßen, Häuser, Türen, Mauern, Pflastersteine, ein stechender Schmerz, das schweißgebadete Erwachen mitten in der Nacht, die Geige stimmen, die Angst, die Leute im Haus zu stören, das stundenlange Warten, bis er endlich spielen konnte.

An dem Tag, als er dem Lehrer und den anderen Schülern seine Komposition vorspielte, schloß er die Augen. Durch seine Geige zogen die Straßen seiner Stadt, und bald machte er Halt vor einem prachtvollen Haus, bald vor der Schönheit einer leeren, unvergeßlichen Straße.

Das Crescendo der Einsamkeit bei der Erinnerung an die verlassenen, verratenen Straßen.

Sehnsucht, grenzenlose Bewunderung für die geliebten Straßen, ein gewaltiges Schuldgefühl, eine Liebe auf dem Gipfel der Leidenschaft. Eine verstockte, bodenständige, an der Erde dieser Stadt klebende Liebe, eine sinnliche, körperliche, fast obszöne Liebe überspülte den Musiksaal.

Das Aufbegehren eines Körpers, der woanders nicht zur Ruhe kommt, das Aufbegehren von Füßen, die woanders nicht gehen können, die Verweigerung von Augen, die nichts anderes sehen wollen. Eine an die Mauern dieser einzigartigen Stadt gekettete Seele, an den Fassaden der Häuser dieser einzigartigen Stadt hängende Augen.

Er wußte es: Nie würde er von dieser unsinnigen, widernatürlichen Liebe genesen, nie!

»Ruhe!« rief der Lehrer.

Er blickte mit tränenverhangenen Augen auf. Er wußte nicht, was im Saal los war. Es interressierte ihn auch nicht wirklich. Er ließ den Bogen sinken.

»Was gibt es da zu lachen?« fragte sein Lehrer.

»Sie müssen entschuldigen, Maître«, sagte ein sehr begabter Schüler, »aber das ist so melodramatisch.«

Die anderen Schüler lachten hemmungslos, endlich waren sie von dem Alptraum befreit.

Der Lehrer zog ihn in einen anderen Saal.

»Spielen Sie!« sagte er.

»Ich kann nicht. Warum haben sie gelacht?«

»Aus Verlegenheit. Sie haben Ihre Musik ... Ihren Schmerz nicht ertragen. Sind Sie verliebt?«

»Ich verstehe nicht ...«

»Gefühle werden zur Zeit in der Kunst nicht sonderlich geschätzt. Eine gleichsam wissenschaftliche Nüchternheit ist jetzt Mode. Aber Romantik ... Nun ja, was weiß ich, alles ist aus der Mode gekommen, über alles wird gelacht. Selbst über die Liebe. Dabei ist sie in Ihrem Alter wichtig und ganz normal. Es liegt auf der Hand, daß Sie in eine Frau verliebt sind.«

Vor Erstaunen brach er in lang anhaltendes Gelächter aus.

»Sie müssen sich ausruhen«, sagte der Lehrer. »Sie sind ein großer Musiker, und von jetzt an können Sie allein arbeiten. Sie können nach Hause zurückkehren. Ich kann Ihnen nichts mehr beibringen. Sie müssen Ihren eigenen Weg gehen. Aber ruhen Sie sich erst einmal aus.«

Er kehrte nach Hause zurück. Um sich von einer langen Abwesenheit auszuruhen.

Auch seine Geige ließ er ruhen. Manchmal spielte er auf seinem alten, verstimmten Klavier. Er gab Musikunterricht, um seinen Lebensunterhalt zu verdienen. Das war ihm sehr recht. Er ging von einem Schüler zum anderen, von einem Haus zum anderen, von einer Straße zur anderen.

Seine Eltern waren mittlerweile gestorben. Zuerst der Vater, dann die Mutter. Wann genau, wußte er nicht mehr.

Er ging durch die Straßen.

Manchmal setzte er sich mit einer Zeitung auf eine Bank. Aber er las nicht. Was auf der Welt passierte, interessierte ihn nicht. Und was in der Stadt passierte, interessierte ihn auch nicht.

Er saß einfach nur da und war glücklich.

Für ihn bestand Glück aus ein paar wenigen Dingen: durch die Straßen spazieren, durch die Straßen gehen, sich setzen, wenn er müde war.

Sogar in seinen Träumen ging er durch die Straßen, und dann war er wirklich glücklich, denn er konnte alle Straßen ablaufen, ohne müde zu werden, weil er über unerschöpfliche Kräfte verfügte.

Eines Abends fühlte er sich sehr alt, und er dachte mit Schrecken, daß er nicht genügend Zeit haben würde, um ein bestimmtes Haus oder eine bestimmte Straße noch einmal zu sehen. Und er sagte sich traurig, daß er nach dem Tod würde wiederkehren müssen, um ein ums andere Mal durch die Straßen zu gehen.

Doch das mißfiel ihm sehr, denn er vermutete, daß die Kinder Angst vor ihm haben würden, und auf keinen Fall wollte er den Kindern seiner Stadt angst machen.

Er starb, und wie er es vorausgesehen hatte, mußte er lange Jahre – ja, bis in alle Ewigkeit – wiederkehren und durch die Straßen geistern, die er noch nicht genügend geliebt zu haben glaubte.

Was die Kinder anging, hatte er sich umsonst Sorgen gemacht, denn in ihren Augen war er nur ein alter Mann von vielen, und ihnen war es vollkommen egal, ob er tot war oder lebendig.

Das große Rad

Es gibt jemanden, den ich noch nie töten wollte.

Dich.

Du kannst durch die Straßen gehen, du kannst trinken und durch die Straßen gehen, ich werde dich nicht töten.

Hab keine Angst. Die Stadt ist nicht gefährlich. Die einzige Gefahr in der Stadt bin ich.

Ich gehe, ich gehe durch die Straßen, ich töte.

Aber du hast nichts zu befürchten.

Wenn ich dir folge, dann nur, weil ich den Rhythmus deiner Schritte mag. Du schwankst. Das ist schön. Man könnte meinen, du hinkst. Und hättest einen Buckel. Aber das stimmt nicht ganz. Von Zeit zu Zeit richtest du dich auf und gehst gerade. Aber ich liebe dich in den fortgeschrittenen

Stunden der Nacht, wenn du schwach bist, wenn du strauchelst, wenn dein Rücken sich krümmt.

Ich folge dir, du zitterst. Vor Kälte oder vor Angst. Dabei ist es heiß.

Noch nie, fast noch nie, vielleicht noch nie war es in unserer Stadt so heiß.

Und wovor könntest du Angst haben?

Vor mir?

Ich bin nicht dein Feind. Ich liebe dich.

Und kein anderer könnte dir etwas antun.

Hab keine Angst. Ich bin hier. Ich beschütze dich.

Dabei leide auch ich.

Meine Tränen — dicke Regentropfen — laufen über mein Gesicht. Die Nacht verhüllt mich. Der Mond bescheint mich. Die Wolken verbergen mich. Der Wind zerreißt mich. Ich empfinde so etwas wie Zärtlichkeit für dich. Das kommt bei mir manchmal vor. Aber nur sehr selten.

Warum für dich? Ich habe keine Ahnung.

Ich will dir sehr weit folgen, überallhin, lange.

Ich will dich noch mehr leiden sehen.

Ich will, daß du von allem anderen genug hast.

Ich will, daß du mich anflehst, dich zu nehmen.

Ich will, daß du mich begehrst. Daß du Lust auf mich hast, mich liebst, mich rufst.

Dann werde ich dich in die Arme schließen, dich an meine Brust drücken, du wirst mein Kind sein, mein Geliebter, mein Liebster.

Ich werde dich mitnehmen.

Du hattest Angst, geboren zu werden, und nun hast du Angst, zu sterben.

Du hast vor allem Angst.

Du mußt keine Angst haben.

Da ist einfach nur ein großes Rad, das sich dreht. Es heißt »Ewigkeit«.

Ich drehe dieses große Rad.

Du mußt keine Angst vor mir haben.

Und auch nicht vor dem großen Rad.

Das einzige, was einem angst machen, was einem weh tun kann, ist das Leben, und das kennst du bereits.

Der Einbrecher

Sperren Sie Ihre Türen gut ab. Ich komme lautlos, mit schwarzen Handschuhen.

Ich bin keiner von der brutalen Sorte. Auch keiner von der gierigen, dummen.

An meinen Schläfen und Handgelenken könnten Sie das zarte Geflecht der Adern bewundern, wenn Sie Gelegenheit dazu hätten.

Aber ich betrete Ihre Räume erst, wenn es spät ist, wenn der letzte Gast gegangen ist, wenn Ihre scheußlichen Kronleuchter erloschen sind, wenn alles schläft.

Sperren Sie Ihre Türen gut ab. Ich komme lautlos, mit schwarzen Handschuhen.

Ich komme nur für ein Weilchen, aber jeden Abend, ohne Unterlaß, und in jedes Haus, ohne Ausnahme.

Ich bin keiner von der brutalen Sorte. Und auch keiner von der gierigen, dummen.

Morgens, wenn Sie aufwachen, zählen Sie bitte Ihr Geld, Ihren Schmuck, nichts wird fehlen.

Nichts bis auf ein Tag Ihres Lebens.

Die Mutter

Ihr Sohn war sehr früh von zu Hause ausgezogen. Mit achtzehn. Ein paar Monate nach dem Tod des Vaters.

Sie blieb in der Zwei-Zimmer-Wohnung, sie kam sehr gut mit ihren Nachbarn aus. Sie ging putzen, erledigte Näharbeiten und bügelte.

Eines Tages klopfte ihr Sohn an die Tür. Er war nicht allein. Er hatte ein recht hübsches Mädchen bei sich.

Sie empfing beide mit offenen Armen.

Vier Jahre hatte sie ihn nicht gesehen.

Nach dem Abendessen sagte ihr Sohn: »Mama, wenn du möchtest, bleiben wir beide hier.«

Ihr Herz machte vor Freude einen Sprung. Sie richtete ihnen das größere, schönere Zimmer her. Aber gegen zweiundzwanzig Uhr gingen sie aus.

»Bestimmt sind sie ins Kino gegangen«, sagte sie sich und schlief glücklich in dem kleinen Zimmer hinter der Küche ein.

Sie war nicht mehr allein. Ihr Sohn wohnte wieder bei ihr.

Frühmorgens verließ sie das Haus, um zu putzen und die kleinen Arbeiten zu erledigen, die sie nicht wegen der Wendung in ihrem Leben aufgeben wollte.

Mittags kochte sie ihnen etwas Gutes. Ihr Sohn brachte immer etwas mit. Blumen, ein Dessert, Wein und manchmal sogar Champagner.

Das Kommen und Gehen der Fremden, denen sie ab und zu im Flur begegnete, störte sie nicht.

»Kommen Sie nur herein«, sagte sie. »Die jungen Leute sind in ihrem Zimmer.«

Manchmal, wenn ihr Sohn nicht da war und die beiden Frauen ihre Mahlzeit allein einnahmen, begegneten ihre Augen den traurigen, dunkel umrandeten Augen des Mädchens, das bei ihr wohnte. Dann senkte sie den Blick und und murmelte, während sie mit einer Kugel aus Brotteig herumspielte: »Er ist ein guter Junge. Ein netter Junge.«

Die junge Frau faltete ihre Serviette zusammen – sie war gut erzogen – und verließ die Küche.

Die Einladung

Am Freitag abend kommt der Ehemann gutgelaunt aus dem Büro.

»Du hast morgen Geburtstag, Schatz. Wir machen eine Party und laden Freunde ein. Dein kleines Geschenk bekommst du am Monatsende, ich bin im Moment ein bißchen knapp bei Kasse. Worüber würdest du dich denn freuen? Über eine schöne Armbanduhr?«

»Ich habe schon eine Uhr, Schatz, und bin mit ihr sehr zufrieden.«

»Dann vielleicht ein Kleid? Ein hübsches Haute-Couture-Kostüm?«

»Ein Haute-Couture-Kostüm? Ich brauche Hosen und ein Paar Sandalen, mehr nicht.«

»Wie du möchtest. Ich gebe dir das Geld, und du suchst dir aus, was dir gefällt. Aber erst am Monatsende. Die Party dagegen können wir morgen machen, mit einem Haufen Freunde.«

»Weißt du«, sagt seine Frau, »Partys mit einem Haufen Freunde finde ich eher anstrengend. Ich würde lieber abends in einem guten Restaurant essen gehen.«

»Im Restaurant ziehen sie einem nur das Geld aus der Tasche, und man hat nicht einmal die Garantie, daß das Essen auch gut ist. Lieber schenke ich dir ein schönes Abendessen zu Hause. Ich kümmere mich um alles, um die Einkäufe, das Menü, die Einladungen. Du gehst zum Friseur, läßt dich schönmachen, und alles wird rechtzeitig fertig sein. Du brauchst dich nur an den Tisch zu setzen. Ich werde sogar bedienen, das macht mir ausnahmsweise sicher Spaß.«

Und der Ehemann macht sich daran, das Fest zu organisieren. Er liebt so etwas. Samstag nachmittags hat er frei. Er geht einkaufen. Gegen siebzehn Uhr kehrt er schwer beladen, aber strahlend zurück.

»Es wird großartig«, sagt er zu seiner Frau. »Du solltest schon mal den Tisch decken, dann gewinnen wir Zeit.«

Frisch frisiert und in einem kleinen Schwarzen von vor zwanzig Jahren, deckt sie den Tisch. Es gelingt ihr, ihn sehr hübsch zu dekorieren.

Ihr Mann erscheint.

»Du hättest die Champagnerflöten nehmen sollen. Ich werde die Gläser austauschen. Zünde du in der Zwischenzeit schon mal den Kamin an. Ich werde die Koteletts im Kamin grillen – ein Traum! Und danach könntest du die Kartoffeln schälen und die Salatsoße machen. Pfui, der Salat wimmelt von kleinen Tieren und winzigen Schnecken, das finde ich eklig! Kannst du ihn waschen? Du hast darin schließlich Übung.«

Und später, in einem Sessel vor dem Kamin: »Die Glut ist stark genug. Könntest du mir ein Glas Gin bringen, am besten mit ... Haben wir eigentlich noch Zitrone für den Gin? Ich habe keine gekauft, weil ich dachte, es wäre noch welche da. Du hättest wenigstens an den Aperitif denken können, ich kann mich schließlich nicht um alles kümmern. Ich glaube, bei ›Chez Marco‹ ist noch offen. Bring auch Mandeln und Haselnüsse mit. Und Oliven!«

Eine Viertelstunde später: »Ich war mir sicher, daß noch offen ist. Hast du die Kartoffeln schon aufgesetzt? Ich muß auf das Fleisch aufpassen. Ach, eins hätte ich fast vergessen: Ich habe Krabben als Vorspeise gekauft. Mach schnell eine einfache Soße aus Sahne und Ketchup. Es ist kein Ketchup da? In diesem Haus fehlt aber auch immer alles! Leih dir schnell welches bei irgend jemandem.«

Die Ehefrau geht eine Etage höher, um dort bei irgend jemandem Ketchup zu holen. Dieser Jemand leiht ihr gern seine Ketchup-Flasche, aber als Zugabe besteht er darauf, ihr von den Mißlichkeiten seines Tages und seines Lebens im allgemeinen zu berichten.

Unten klingelt es an der Tür, die Gäste treffen ein, die Ehefrau muß wieder hinunter.

Die Freunde sitzen im Halbkreis vor dem Kamin.

Der Ehemann ruft: »Wo bleibt der Aperitif, Madeleine?«

Die Koteletts sind endlich durch. Ein bißchen zu sehr sogar. Aber die Stimmung ist gut. Es wird viel getrunken. Es wird gelacht und ein wenig zu oft an Madeleines Alter erinnert, aber schließlich ist es ihr Geburtstag. Die Freunde loben auch die Vorzüge des Ehemannes, der alles vorbereitet und organisiert hat.

»Der Mann ist Gold wert.«

»Sie haben Glück – und das nach fünfzehn Jahren Ehe!«

»Allerdings. Dazu gehört schon was!«

Gegen drei Uhr morgens kehrt plötzlich Stille ein.

Die Freunde sind gegangen, der Ehemann schnarcht im Wohnzimmer auf dem Sofa, er ist erschöpft, der Arme.

Madeleine leert die Aschenbecher aus, sammelt die leeren Flaschen, die schmutzigen Gläser und Glasscherben ein und räumt den Tisch ab.

Bevor sie sich an den Abwasch macht, geht sie ins Bad und betrachtet sich lange im Spiegel.

Die Rache

Er hat sich nach rechts gedreht, nach links, er sieht nichts.

Er hat Angst. Vielleicht hat er sogar geweint, er ist sich nicht sicher, weil es ihm ins Gesicht geregnet hat.

Oben der graue Himmel; unten der Schlamm, er war ihm am nächsten.

Er sagte: »Warum bist du verschwunden? Deine gläsernen Hände sind so durchscheinend wie das klare Wasser von Gebirgsbächen. Aus deinen Augen spricht Schweigen, aus deinem Gesicht Ekel.«

Am nächsten Tag sagte er: »Dein Gesicht ist schwarz, Freude mit schrillem Lachen, trotzdem möchte ich es gern bis zu dem weißen Berg schaffen, den die Reisenden suchen, wenn sie sich aus den Fenstern des Zuges ohne Gleise, ohne Hoffnung lehnen. Reisende ohne Ziel, die sich, wenn die Zeit gekommen ist, an die Notbremsen hängen. Dort schaukeln sie in Gesellschaft meines Vaters, und zwischen den Rädern weinen und schreien unsere ungeborenen Kinder, eine Million Sterne weisen ihnen den Weg.«

Am dritten Tag sagte er: »Diejenigen, die geschlagen wurden, haben die Schläge eingesteckt, ohne sie zu erwidern. Aber sie sind böse geworden. Abends, nach Einbruch der Dunkelheit, haben sie den Fluß überquert, um hinter den Staumauern auf die Stunde der Abrechnung zu warten.«

Selbst die Unschuldigen wurden niedergeschossen.

Am letzten Tag sagte er: »Frag mich nicht – die Haare im Wind –, frag mich nicht, wer angefangen hat, frag mich nicht, wer aufgehört hat. Alles, was ich weiß, ist, daß ein erster Schuß gefallen ist.«

»Ich werde dich rächen.«

Er legte sich neben das, was einmal ein Frauenleib gewesen war, und strich über das feuchte Haar, vielleicht war es aber auch nur Gras.

Da tauchten auf dem von den Schüssen umgepflügten Feld hundert Männer ohne Deckung auf und sagten: »Wann hören wir auf, unsere Toten zu beweinen und zu rächen? Wann hören wir auf, zu töten und zu weinen? Wir sind die Überlebenden, die Feiglinge, unfähig, zu kämpfen, unfähig, zu töten. Wir wollen vergessen, wir wollen leben.«

Der Mann im Schlamm bewegte sich, hob seine Waffe und erschoß sie bis auf den letzten Mann.

Über eine Stadt

Sie war klein und still, hatte niedrige Häuser, enge Straßen und keinen besonderen Reiz.

Ich weiß nicht, warum ich so viel über sie spreche, aber würde ich schweigen, würde mich der Schatten der Berge ersticken, die sie hoch und dunkel umgeben.

In der Abenddämmerung nahm der Himmel dort mitunter so außergewöhnliche Färbungen an, daß die Leute aus den Häusern traten und die Farben zu benennen suchten. Diese vermischten sich auf so sonderbare Weise, daß kein Name zu ihnen paßte.

Ich habe schon oft darüber gesprochen und auch über das Haus, unser Haus, aber ich habe die Bäume im Garten vergessen.

An einem der Apfelbäume hingen bereits zu Beginn des Sommers Früchte, die, obgleich noch nicht reif, schon honigsüß waren. Wie sie wohl schmecken mochten, wenn sie reif waren, diese Äpfel, habe ich nie erfahren, weil wir sie immer vorher aßen.

So brachte ich mich um eine Erinnerung, aber wie soll man das als Kind ahnen?

Es ist spät. Die Nächte dort waren reglos, nicht einmal die Vorhänge an den Fenstern bewegten sich, die Stille trommelte in der Straße, wir hatten Angst, weil es immer einen bösen schwarzen Mann gab, der sich in den Bergen versteckte, in die Stadt herunterkam und an die doppelt abgeschlossenen Türen klopfte.

Bevor die Sonne aufgeht, muß ich über alles sprechen.

Über den Fluß, den Brunnen mit seinem dunklen Rad, den heiteren, beruhigenden Sommer, die Sonne auf unserem Gesicht um fünf Uhr morgens, den Kirchgarten.

Der Herbst überraschte uns in diesem Garten jedes Jahr mit einer Handvoll roter Blätter, die plötzlich von den Bäumen fielen, als wir uns noch mitten in der schönen Jahreszeit wähnten.

Es war erstaunlich, sie fielen und fielen und bildeten auf der Erde eine immer dikkere Decke, wir liefen barfuß darüber, es war noch warm, wir lachten, wir bekamen es wieder mit der Angst.

Das Produkt

Herr B. kam nie früh nach Hause. Allerdings zeitig genug, um zusammen mit seiner Familie zu essen. Er verlangte übrigens, daß man auf ihn wartete, denn Herr B. liebte seine Familie sehr, vor allem die Kinder. Letztere dösten bei den späten Mahlzeiten meist vor sich hin, sie aßen wenig, waren gereizt oder heulten.

War Herr B. müde, bat er seine Frau, die Kinder so schnell wie möglich ins Bett zu bringen. Dann schaltete er den Fernseher an und schlief, leise schnarchend, in seinem Sessel ein. An Tagen, an denen er nicht so müde war, schlug er den Kindern dagegen vor, eine Partie Karten oder Domino zu spielen, ein Gesellschaftsspiel eben.

Seine Frau lehnte das großzügige Angebot ihres Mannes zumeist ab und las zurückgezogen in einer Ecke des Raumes, den sie Wohnzimmer nannten.

Herr B. hatte, was seine Frau anging, schon vor langem resigniert. Deshalb verlor er auch kein Wort darüber, daß sie bei den erzieherischen Spielen fehlte, obwohl diese doch den Familienzusammenhalt stärkten. Sie hatte eben keinen Sinn für Familie und auch keinen für Erziehung. Aber sie war die Mutter seiner Kinder, und aus diesem Grund sah Herr B., wenn auch mit einer gewissen Verbitterung, über die Schwächen seiner Frau hinweg.

Herr B. kam nun immer später nach Hause. Das lag daran, daß sich *das* Produkt schlecht verkaufte und er der Verkaufschef war. Wer noch nie Verkaufschef gewesen ist, kann sich überhaupt nicht vorstellen, welche Verantwortung auf den Schultern eines Verkaufschefs lastet. Das Produkt mußte verkauft werden, koste es, was es wolle.

Da Herr B. ein pflichtbewußter Angestellter war, tat er alles, um das Produkt zu verkaufen, aber dieser tägliche Kampf verschlang die Zeit, die er lieber mit seiner Familie verbracht hätte.

Er kam lange nach dem Abendessen nach Hause. Die Kinder waren schon im Bett, seine Frau saß im Wohnzimmer in einer Ecke und las, ohne aufzublicken. Herr B. aß die – von ihm selbst aufgewärmten – Reste und ging erschöpft nach oben in sein Schlafzimmer.

Das Produkt verkaufte sich trotz der übermenschlichen Anstrengungen von Herrn B. immer schlechter.

Eines Nachts wachte er mit Beklemmungen auf. Ihm war danach, mit seiner Frau zu reden. Aber das Zimmer seiner Frau war leer. Die Schränke auch. Die Schubladen ebenso. Überrascht ging er ins Kinderzimmer: auch dort niemand.

»Bestimmt sind gerade Schulferien«, sagte er sich, »das habe ich wohl vergessen. Ich kann nicht an alles denken.«

Am nächsten Tag wurde ihm im Büro die Kündigung ausgesprochen.

Die endgültige Kündigung. Er hatte das Produkt schlecht verkauft. Ein anderer Verkaufschef war soeben eingestellt worden.

Herr B. ging nach Hause, er wartete das Ende der Ferien ab. Durchs Fenster betrachtete er die vorüberziehenden Wolken. Überall machte sich Staub breit, im Spülbecken stapelte sich das schmutzige Geschirr. Herr B. wartete und fragte sich, warum die Schulferien so lange dauerten.

Ich denke

Mittlerweile habe ich keine große Hoffnung mehr. Früher suchte ich, war ständig unterwegs. Ich wartete auf etwas. Worauf? Ich hatte keine Ahnung. Aber ich dachte, daß das Leben doch nicht nur daraus, also aus nichts, bestehen könnte, daß es da noch etwas geben müßte, und auf dieses Etwas wartete ich, ja, ich suchte sogar danach.

Ich denke jetzt, daß ich nichts zu erwarten habe, also bleibe ich in meinem Zimmer, ich sitze auf einem Stuhl und tue nichts.

Ich denke, daß es da draußen ein Leben gibt, aber in diesem Leben geschieht nichts. Jedenfalls nicht für mich.

Für die anderen geschieht vielleicht etwas, kann sein, aber das interessiert mich nicht mehr.

Ich sitze zu Hause auf einem Stuhl. Ich

träume ein bißchen vor mich hin, aber nicht richtig. Wovon könnte ich schon träumen? Ich sitze einfach nur da. Ich kann nicht behaupten, daß es mir gutgeht, das ist nicht der Grund, weshalb ich hierbleibe, nicht wegen meines Wohlbefindens, im Gegenteil.

Ich denke, daß es mir nicht guttut, hierzubleiben, und ich weiß auch, daß ich früher oder später zwangsläufig werde aufstehen müssen.

Mir ist auch nicht ganz wohl bei dem Gedanken, daß ich seit Stunden oder Tagen, was weiß ich, untätig hier herumsitze. Aber ich sehe keinen Grund, aufzustehen und etwas zu tun. Ich habe einfach überhaupt keine Ahnung, was ich tun könnte.

Ich könnte natürlich ein bißchen aufräumen und saubermachen, das schon.

Mein Zimmer ist ziemlich schmutzig und verwahrlost. Ich sollte wenigstens aufstehen, um das Fenster zu öffnen, hier drin riecht es verraucht, modrig, abgestanden.

Aber all das stört mich nicht übermäßig. Ein bißchen, aber nicht genügend, um aufzustehen. Ich bin an diese Gerüche gewöhnt, ich nehme sie nicht mehr wahr, ich denke nur, was ist, wenn zufällig jemand hereinkommt ... Aber diesen »Jemand« gibt es nicht. Es kommt niemand herein.

Um trotzdem etwas zu tun, nehme ich mir vor, die Zeitung zu lesen, die seit ... seit einiger Zeit, seit ich sie gekauft habe, auf dem Tisch liegt.

Ich mache mir selbstverständlich nicht die Mühe, die Zeitung in die Hand zu nehmen. Ich lasse sie auf dem Tisch liegen, ich lese sie von weitem, aber die Buchstaben wollen mir nicht in den Kopf oder in die Augen, ich sehe nichts als tote schwarze Fliegen, also strenge ich mich nicht länger an.

Jedenfalls weiß ich, daß auf der anderen Seite der Zeitung ein junger Mann abgebildet ist, nicht allzu jung, sondern genau in meinem Alter, der die gleiche Zeitung in einer runden, eingebauten Badewanne liest; ein Glas Whisky einer guten Marke in Reichweite auf dem Badewannenrand, studiert er ganz entspannt die Annoncen und Börsenkurse. Er sieht gut aus, wach, intelligent, bestens informiert.

Bei dieser Vorstellung muß ich aufstehen und mich in das nicht eingebaute, blöde an der Küchenwand hängende Spülbecken übergeben. Und das, was aus mir herauskommt, verstopft das unselige Spülbecken.

Ich staune nicht schlecht über diesen Haufen an Auswürfen, deren Menge mir doppelt so groß erscheint wie das, was ich in den vergangenen vierundzwanzig Stunden gegessen haben mag. Beim Anblick dieser Widerwärtigkeiten überkommt mich erneut Übelkeit, und ich stürze aus der Küche.

Ich gehe hinaus auf die Straße, um zu vergessen, ich gehe spazieren wie jeder andere, aber in den Straßen ist nichts, nur Menschen und Geschäfte, das ist alles.

Ich habe wegen meines verstopften Spülbeckens keine Lust, nach Hause zurückzugehen, ich habe auch keine Lust mehr, spazierenzugehen, und so bleibe ich mit dem Rücken zu einem Kaufhaus auf dem Gehsteig stehen, ich beobachte die hinein- und hinausgehenden Menschen, und ich denke, daß die, die hinausgehen, drinnen bleiben, und die, die hineingehen, draußen bleiben sollten, so würde man sich viel Hin und Her und Kraft sparen.

Damit wären sie gut beraten, aber sie würden nicht zuhören. Also sage ich nichts, ich rühre mich nicht, mir ist hier am Eingang nicht einmal kalt, ich komme in den Genuß der Wärme, die dank der ständig offenen Türen aus dem Kaufhaus dringt, und ich fühle mich fast so wohl wie vorhin, als ich noch in meinem Zimmer saß.

Mein Vater

Sie haben ihn nie kennengelernt.

Er ist gestorben.

Deshalb bin ich Anfang Dezember letzten Jahres in meine Heimat gereist, die Sie ebenfalls nicht kennen.

Vierundzwanzig Stunden Zugfahrt bis zur Hauptstadt, eine Nacht ausruhen bei meinem Bruder und dann noch einmal zwölf Stunden mit dem Zug, das macht sechsunddreißig Stunden bis zu dieser großen Industriestadt, wo mein Vater eingemauert werden sollte, eine Urne aus weißem Porzellan, ein kleines Loch in einer Betonwand.

Sechsunddreißig Stunden im Zug mit Wartezeiten und mehreren Aufenthalten in verlassenen, kalten Bahnhöfen, umgeben von Freunden, die ihren Vater noch nicht oder vor so langer Zeit verloren haben, daß sie schon nicht mehr daran denken.

Ich dachte daran, aber ich konnte es nicht glauben.

Ich hatte diese Reise bereits mehrmals gemacht, als mein Vater noch lebte, er erwartete mich am Ende meiner Reise jedesmal in einem Vorort dieser Industriestadt, in der er so wenig gelebt, so wenig geliebt hatte und wo er mit mir nie Hand in Hand spazierengegangen war.

Bei seiner Bestattung regnete es fast. Die Trauergemeinde war eher groß, Kränze, Lieder, ein aus schwarzgekleideten Männern bestehender Chor. Es war eine sozialistische Bestattung, ohne Geistlichen.

Ich legte einen Nelkenstrauß neben die weiße Urne, sie war so klein, ich konnte nicht glauben, daß mein Vater da drin sein sollte, er, der damals so groß war, als ich noch seine Tochter, sein Kind war.

Die Urne aus Porzellan, das war nicht mein Vater.

Trotzdem weinte ich, als sie sie in den Beton stellten. Von einer Schallplatte erklang die Nationalhymne, in der die Rede von Gott ist, den man darum bittet, dieses Land und sein Volk zu segnen, das in der Vergangenheit so viel gelitten hat, und um eine bessere Zukunft.

Der Männerchor mußte noch einmal singen, weil sich die beiden Maurer so ungeschickt anstellten, die Abdeckplatte paßte nicht, die Urne, mein Vater, wollte nicht in das kleine Betonloch.

Später erfuhr ich, daß mein Vater eigentlich in seinem Heimatdorf beerdigt und nicht eingemauert werden wollte, aber man hatte ihm – dem Sterbenden, der an Magenkrebs litt, der, von seinem Leiden nichts ahnend, langsam dahinschied und dessen Qualen man mit Morphiumspritzen linderte –, meine Mutter und mein Bruder hatten ihm weisgemacht, daß er hier besser aufgehoben wäre, auf dem Friedhof dieser schrecklichen Industriestadt, die er nie geliebt hatte und wo er mit mir nie Hand in Hand spazierengegangen war.

Danach mußte ich viele Menschen begrüßen, die mir zwar fremd waren, mich jedoch kannten. Die Frauen küßten mich.

Schließlich war alles vorbei. Erstarrt konnten wir zurück zu meinen Eltern, ich meine zu meiner Mutter. Es fand eine Art Empfang statt. Ich aß wie alle anderen auch, ich trank. Ich war müde von der Reise, von den Feierlichkeiten, von den Gästen, von allem.

Ich ging in das kleine Zimmer meines Vaters, in das er sich oft zurückgezogen hatte, um zu lesen, Sprachen zu lernen oder Tagebuch zu schreiben.

Mein Vater war nicht da. Im Garten war er auch nicht. Ich sagte mir, daß er wegen all der Leute in seinem Haus vielleicht einkaufen gegangen war. Er ging oft einkaufen, er machte das gern.

Ich wartete auf ihn, ich wollte ihn noch einmal sehen, weil ich bald heimreisen, also hierher zurückmußte. Ich trank viel Wein, aber er war noch immer nicht wieder da.

»Wo ist Papa denn hingegangen?« fragte ich schließlich, und alle sahen mich an.

Meine Brüder nahmen mich mit zu ihnen, sie brachten mich ins Bett. Tags darauf fuhr ich zurück. Vierundzwanzig, nein, sechsunddreißig Stunden mit dem Zug.

Auf der Fahrt schmiedete ich Pläne.

Schon bald würde ich wiederkommen, ich würde die Betonplatte herausreißen, die Urne stehlen, sie in seinem Heimatdorf in der schwarzen Erde am Fluß vergraben.

Ich kenne die Gegend schlecht, ich bin nie dort gewesen. Aber wenn ich die Urne erst gestohlen hätte, wo sollte ich sie vergraben?

Nirgends ist mein Vater mit mir Hand in Hand spazierengegangen.

Agota Kristof
Das große Heft
Roman. Aus dem Französischen
von Eva Moldenhauer.
163 Seiten. Serie Piper

Agota Kristof protokolliert in ihrem ersten Roman eine Kindheit, die nichts Idyllisches hat. Die Zwillingsbrüder werden zur Großmutter aufs Land geschickt, sie betteln, hungern, schlachten, stehlen, töten, sie stellen sich taub, blind, bewegungslos – sie haben gelernt, was sie zum Überleben brauchen.

»Agota Kristof erzählt zwingend. Sie läßt nicht zu, daß man ihr nur die halbe Aufmerksamkeit schenkt. Sie kennt kein Ausruhen. Kaum kann man das aushalten, die knappe Schärfe ihrer Beschreibungen, diese Kälte. Ist das nicht Lakonie oder Bitterkeit? Weshalb quält Agota Kristof uns doppelt, indem sie Kinder für ihre Geschichte mißbraucht?«
Frankfurter Rundschau

Agota Kristof
Der Beweis
Roman. Aus dem Französischen
von Erika Tophoven-Schöningh.
192 Seiten. Serie Piper

Lucas lebt allein im Haus seiner Großmutter, dem letzten Haus des Städtchens direkt an der Grenze. Er ist als einziger zurückgeblieben, denn die Großmutter, die Mutter, die kleine Schwester sind tot. Der Vater starb, als er versuchte, über den Todesstreifen zu fliehen. Nur Lucas' Zwillingsbruder war die Flucht gelungen – und Lucas verlor den Spiegel seiner Seele. Wir verfolgen die Geschichte einer seelischen Auflösung. Die Welt um Lucas – seine Tiere, das behinderte Kind und dessen Mutter, die er bei sich aufnimmt, der Pfarrer, der Buchhändler Viktor, schließlich Clara, die Bibliothekarin, die er auf seine bizarre Weise liebt – nichts vermag die Mauern seines inneren Gefängnisses zu sprengen, und er begeht einen tödlichen Fehler ... Doch das Böse, dessen Lucas sich fähig zeigt, ist nichts anderes als die Grimasse seiner einsamen Liebe.

SERIE PIPER

SERIE PIPER

Agota Kristof
Die dritte Lüge
Roman. Aus dem Französischen von Erika Tophoven. 176 Seiten. Serie Piper

Lucas kehrt nach Jahrzehnten im Ausland zurück in die Stadt seiner Kindheit. Er erinnert sich an die Jahre der Einsamkeit, getrennt von seinem Zwillingsbruder, an den Krieg, an den gemeinsamen Unterschlupf bei der Großmutter, der »Hexe«. Nun sucht er seinen Bruder. Als er meint, ihn endlich aufgespürt zu haben, verleugnet sich dieser. Welcher der beiden Männer träumt, welcher lügt? Was ist in der Vergangenheit geschehen? Die Zwillinge Lucas und Claus trennt und verbindet mehr und anderes als ihre bloße Lebensgeschichte. Agota Kristof näherte sich ihnen in drei Romanen: »Das große Heft«, »Der Beweis« und in »Die dritte Lüge«, dem Abschluß der Trilogie. Sie zieht den Leser in den Bann nicht aufzuklärender Fragen. Denn jede Lebensgeschichte zeigt, während sie erzählt wird, immer wieder andere Facetten. Die Wahrheit über ein Leben ist ebenso schwer festzumachen wie die Identität des Erzählenden. Erzählen als Überlebenskunst?

Agota Kristof
Die Analphabetin
Autobiographische Erzählung. Aus dem Französischen von Andrea Spingler. 80 Seiten. Serie Piper

Fremd in einer fremden Sprache – und doch wurde sie zu einer der wichtigsten Schriftstellerinnen der Gegenwart. Nach einer wohlbehüteten Kindheit in Ungarn hatte Agota Kristof unter der kommunistischen Herrschaft zu leiden. Als ihr Vater verhaftet wurde, mußte das junge Mädchen in ein staatliches Internat. 1956 floh Agota Kristof mit ihrem Mann und ihrem vier Monate alten Kind in die französischsprachige Schweiz. Dort war sie plötzlich eine Analphabetin und mußte eine völlig neue Sprache erlernen – und schreibt seither großartige französische Prosa.

»Karg sind Kristofs Geschichten, wahr sind sie, gehärtet die Worte und die Sätze, geschliffen, gnadenlos.«
Literarische Welt

Madeleine Bourdouxhe
Gilles' Frau
Aus dem Französischen von Monika Schlitzer. Mit einem Nachwort von Faith Evans. 166 Seiten. Serie Piper

Madeleine Bourdouxhes Drama einer zerstörerischen Leidenschaft ist eine Wiederentdeckung von höchstem literarischen Rang. Die leidenschaftliche Dreiecksgeschichte zwischen Elisa, ihrer Schwester Victorine und Gilles ist in ihrer Direktheit und Ausweglosigkeit ein Glanzstück der klassischen Moderne: Sinnlich, kühn – und von kammerspielartiger Intensität.

»Sie wurde in der französischen Literaturszene gefeiert wegen ihrer subtilen und dichten Sprache, wegen ihrer genauen Beobachtungen und vor allem wegen der ungeheuren Intensität, mit der Madeleine Bourdouxhe Ängste, Hoffnungen, Stimmungen und Stille beschreibt.«
Der Spiegel

Jean Rouaud
Die Felder der Ehre
Roman. Aus dem Französischen von Carina von Enzenberg und Hartmut Zahn. 217 Seiten. Serie Piper

Jean Rouaud erzählt in seinem mit dem Prix Goncourt ausgezeichneten Debütroman auf sehr persönliche Weise wichtige Stationen des vergangenen Jahrhunderts nach, indem er sich an die Geschichte seiner eigenen Familie erinnert. Anlaß zum Öffnen dieses Familienalbums geben drei Todesfälle, die sich alle im selben Winter ereignen und um die sich die Geschichte zentriert: der Großvater, der mit seinem zerbeulten 2CV die Gegend unsicher macht; die bigotte Tante Marie, die jeweils den Heiligen des Tages auf ihrer Seite hat und die für ihren im Großen Krieg gefallenen Bruder Joseph, den sie so liebte, ihre Weiblichkeit hingab; schließlich der Vater des Erzählers, dessen früher Tod die so subtil humorvolle und skurrile Chronik überschattet und ihr unausgesprochene Tragik verleiht.

SERIE PIPER

SERIE PIPER

Sándor Márai
Das Vermächtnis der Eszter
Roman. Aus dem Ungarischen von Christina Viragh. 165 Seiten. Serie Piper

Vor zwanzig Jahren hat der Hochstapler Lajos, Eszters große und einzige Liebe, nicht nur sie, sondern auch ihre übrige Familie mit Charme und List bezaubert. Eszter hat es ihm nicht verziehen, daß er ihre Schwester Vilma geheiratet hat. Nun kehrt er zurück, um die tragischen Ereignisse von damals zu klären und die offenen Rechnungen zu begleichen. Bei dieser Gelegenheit kommen drei Briefe zum Vorschein, die für Eszter gedacht waren, die sie aber nie erhalten hatte …

»Mit großem Geschick, in einer aufs Wesentliche verknappten und suggestiv aufgeladenen Sprache, verknüpft Márai die Fäden einer desaströsen Liebes- und Lebensgeschichte, die in einem existentiellen Kampf gipfelt, den die Frage bestimmt: Wird Lajos wieder siegen und seinen letzten großen Betrug erfolgreich abschließen?«
Süddeutsche Zeitung

Antonio Skármeta
Die Hochzeit des Dichters
Roman. Aus dem chilenischen Spanisch von Willi Zurbrüggen. 311 Seiten. Serie Piper

Auf der winzigen Mittelmeerinsel Gema bereitet man sich auf die Hochzeit des Jahrhunderts vor: Hieronymus soll die schöne Alia Emar bekommen, von der so viele junge Männer träumen und die auch Stefano schon seit geraumer Zeit den Schlauf raubt. Doch die alte Welt befindet sich im Umbruch, und schließlich macht Stefano sich auf in eine bessere Zukunft jenseits des Atlantiks. Eine Liebeserklärung an das alte Europa, voll vitaler Sinnlichkeit und Melancholie.

»Jemand wie Roberto Benigni könnte einen Film aus diesem Buch machen, das voll ist von unaufdringlicher Weisheit und von aufdringlicher Qualität.«
Tagesspiegel

Maarten 't Hart
Der Psalmenstreit

Roman. Aus dem Niederländischen von Gregor Seferens.
432 Seiten. Gebunden

»Zwei Schiffe mehr, du wirst Gott loben und preisen, du wirst der größte Reeder von Maassluis sein.« So einfach stellte sich seine Mutter das vor. Doch um diese Schiffe zu bekommen würde Roemer Stroombreeker zunächst einmal Diderica heiraten müssen, ein abscheulicher Gedanke, denn Diderica überragte ihn um Haupteslänge, und ihr Geruch erinnerte ihn an einen riesigen Heilbutt. Natürlich, man schrieb das Jahr 1739, der Heringsfischerei war keine goldene Zeit beschieden in diesen Tagen, und auch die Reederfamilie der Stroombreekers mußte schauen, wo sie blieb – aber sollte Roemer dafür auf die Liebe der mittellosen Anna Kortsweyl verzichten? Am Vorabend des grimmigen Aufruhrs um eine neue Bibelübersetzung beginnt Maarten 't Harts detailreicher und eleganter historischer Roman.
In »Der Psalmenstreit« versetzt Maarten 't Hart uns in das Maassluis des 18. Jahrhunderts: Dramatische Lebensgeschichte und Zeitbild einer bewegten Epoche zugleich, ist es ein großer Roman über Liebe und Konvention, Individualismus und Toleranz.